非常2+1，亲子游中国

陈登梅　沈敏霞　主编

APGTIME 时代出版传媒股份有限公司
安徽科学技术出版社

图书在版编目(CIP)数据

黔之"驴"/陈登梅，沈敏霞主编.—合肥:安徽科学技术出版社,2010.1

(非常2+1,亲子游中国)

ISBN 978-7-5337-4562-2

Ⅰ.黔… Ⅱ.①陈…②沈… Ⅲ.旅游指南-贵州省 Ⅳ.K928.973

中国版本图书馆 CIP 数据核字(2009)第 236102 号

编委会名单

牛 雯	吕 进	刘 娟	余梦娜	刘秀荣	刘亚莉	段志贤
罗 燕	马绛红	毛 周	穆倩倩	彭 妍	彭泽宏	秦 静
邵貂蝉	宋自知	涂 睿	汪艳敏	薛 凤	杨爱红	于 靓
张莉梅	张鹏慧	张 涛	张薇薇	张 兴	张宜会	郑艳芹
朱 庆	朱庆玲					

黔之"驴" 　　　　　　　　　　陈登梅　沈敏霞　主编

出 版 人:黄和平

责任编辑:徐浩瀚　陈 军　邵 梅

封面设计:刘 娟

出版发行:安徽科学技术出版社(合肥市政务文化新区圣泉路1118号

　　　　　出版传媒广场,邮编:230071)

电　　话:(0551)3533330

网　　址:www. ahstp. net

E - mail:yougoubu@sina. com

经　　销:新华书店

印　　刷:合肥华云印务有限责任公司

开　　本:710×1010　1/16

印　　张:8

字　　数:166千

版　　次:2010年1月第1版　2010年1月第1次印刷

定　　价:19.00元

(本书如有印装质量问题,影响阅读,请向本社市场营销部调换)

前言

　　"天无三日晴、地无三尺平"，古老俗语道出了夜郎古国贵州的典型特色——分外凉爽和奇特地势。虽然地处西南边陲，但是秀丽的山水景致、奇特的喀斯特地貌，也使贵州变成了近年来家长带孩子出游的热门选择。

　　贵州常年气候宜人，冬暖夏凉，即使在最热的七八月份，平均气温也保持在22～25℃，因此凉爽的贵州的确是避暑佳地。趁着暑假期间，和孩子一起走进贵州，可以观赏绮丽壮观的黄果树大瀑布，让孩子感受"飞流直下三千尺，疑是银河落九天"的意境；可以荡舟红枫湖、舞阳河，在快乐戏水中体会夏日的清凉，还能收获不少美妙的枫叶呢！还有梵净山长长的7 000多级石阶，带孩子爬上去可不只是一项简单的体能训练，更是意志的锻炼，让孩子真正体会勇者无畏、登高望远的内涵。

　　大自然的鬼斧神工给贵州留下了诸多印记，让人叹为观止，更是启发孩子思考的天然课堂。比如恍如人间仙境的织金洞，内有千奇百怪的钟乳石、石笋等，吸引着孩子去问为什么；举世无双的紫云格凸大穿洞，让孩子见识神奇的洞中苗寨和方形的竹子；还有蜚声中外的荔波七孔、赤水丹霞……这些独特的喀斯特地貌奇观，是那样神奇与充满奥秘，等待着孩子去观察、思考与探索。

　　贵州还是一个典型的多民族省份，包括了土家族、苗族、布依族、侗族、白族、壮族、瑶族等49个民族。不同民族有怎样的历史文化差异呢？牵着孩子的手，一起去见见布依族的石头寨，了解当地的蜡染技术；看看被誉为戏剧活化石的地戏是怎么回事；听听侗族人的奇妙歌声；还有苗族独具特色的鼓楼和银饰……孩子会领略到与书本完全不一样的丰美感受！

　　本书以介绍贵州著名景区为主要内容，同时还提供给读者各地饮食、住宿与交通等方面的详细实用资讯，更有贴心的安全小提示等。愿你能循着本书的指引，马上开始属于你和孩子的快乐黔之旅吧！

黔路安全大通关

安全符	安全名称	注意事项
	防寒防病	贵州地势起伏较大，地形也较复杂，导致气温的垂直变化十分明显，"一山有四季，十里不同天"的气候差异十分普遍，所以游览不同的景点，一定要关注天气变化。 同时贵州的气候特点是冬无严寒、夏无酷暑，夏季即使白天烈日高照，傍晚依然凉爽宜人，所以夜间应注意防寒。
	小心溺水	贵州有壮丽的瀑布，还有秀丽的湖泊，旅游时家长应时刻注意身边孩子，避免因玩水而发生溺水事故。
	防日直射	贵州地属云贵高原，夏季日照强烈，要防紫外线晒伤。游玩时尽量抹上防晒霜，或者带上遮阳帽、遮阳伞等。
	跌倒摔伤	贵州是典型的山区，许多景点都与山有关，游玩时，不仅要选择便于爬山的鞋子，也要提防孩子们摔伤。
	防肌肉拉伤	贵州旅游时多是山路，少不了要爬山。因此要小心因为运动过猛导致肌肉拉伤，可以带一些按摩膏之类的药物随行。
	防毒蛇	景点中有许多原始森林，其中还可能有毒蛇出没。旅游途中应尽量不要让孩子单独行动，最好提前准备些简单的药品。
	防肠胃病	当地食物以酸、辣为主，在大饱口福的同时一定要注意肠胃问题。如果孩子的消化功能差，进餐时要注意控制某些食物的摄入，也可以准备一些促消化的药品。

第一章　清凉贵山水，避暑爽爽游/1

第二章　地貌奇观，神奇自然游/45

清凉贵山水,

避暑爽爽游

黄果树，神瀑之水天上来

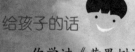给孩子的话

　　你学过《黄果树瀑布》这篇课文吗？文中着力描写了黄果树瀑布的壮美与雄浑，将它比作大自然献给人类的惊人杰作，真是没错的。假如能亲眼看看瀑布飞流直下的场景，亲耳听到震耳欲聋的水流声，就更妙了！

绮丽壮观的中国最大瀑布

大手牵小手，逍遥清凉游

　　在贵州安顺市镇宁县境内的白水河上，有世界上最大的瀑布群——黄果树瀑布群。它因当地植物"黄果树"而得名，周围分布着风格各异的18道瀑布。其中，黄果树大瀑布是其中最为壮观的一个，它高78米，宽101米，是我国最大的瀑布，也是世界上唯一可从上、下、前、后、左、右六个方位观看的瀑布。

　　每年五月中旬开始，白水河开始涨水，属于瀑布丰水期。此时瀑布激起的水珠，飞溅100多米高，纷纷扬扬洒落在黄果树街市。即使是晴天，街上的行人也要撑伞而行，故有"银雨洒金街"的美誉。到了九月中旬后，河水渐退，瀑布分三五条从悬崖坠落，如秀发披肩的仙女，别有一番妩媚。

　　明代著名的旅行家徐霞客游历贵州时，也对黄果树大瀑布做过高度评价："捣珠崩玉，飞沫反涌，如烟雾腾空，势甚雄伟……"如今，景区内还设有徐霞客雕像，让你看到300年前徐霞客坐观瀑布的场景。

　　在瀑布的半腰，有一座水帘洞。如看过《西游记》，你一定知道孙悟空的住处——花果山水帘洞吧。而电视剧里的水帘洞场景，就是在这里拍摄的。水帘洞长134米，洞内有6个洞窗、5个洞厅、3个洞泉和2个洞内瀑布。游人在洞内会感觉非常凉爽，观看洞外飞流直下的瀑布，感觉就像一个庞大的织布机在飞速运转。

3

穿越水帘洞，来到瀑布下方约40米处，游人即可到达犀牛潭。这是瀑布泻下后生成的深潭，传说曾有犀牛从潭中登岸，因此得名"犀牛潭"。只要天晴，从上午9时至下午5时，人们都能看到犀牛潭上七彩俱全的彩虹。对此，古人有云，"天空之虹以苍天作衬，犀牛潭之虹以雪白之瀑布衬之"。

近年来，该景区还推出了黄果树大扶梯。该扶梯为国内最高、最长的扶梯，分为上下两道，总长为170米，约5分钟即可到达景点。

给孩子讲美丽传说

从前，布依族有一条龙叫做布依龙，有一次它上岸来散心，不小心被黑心的汉官给抓住了，并且装在了糍粑做成的囚笼里。在途中，布依龙遇到布依族人连忙求救。布依族人每人含了一口水，把水朝糍粑的裂缝里喷去，布依龙终于逃出来了，并且用长长的尾巴把黑心的官兵们全部扫进了旁边的白水河。此时天塌地陷、山崩岩垮，白水河的河道一下垮成了陡壁悬崖，形成了水势奔涌、吼声如雷的黄果树大瀑布。

关于大瀑布的传说还有很多。地质学家告诉我们，黄果树瀑布是一种侵蚀裂点型瀑布。原先它只是一条暗河，大约五万年前，由于岩溶地貌的侵蚀，暗河顶板塌陷，形成了今天瀑布的基本面貌。随着河水不断地侵蚀和冲刷，就演变成如今庞大的瀑布群。

安全小提示　黄果树大瀑布景区内多为石阶，且水滩较多、路面湿滑，所以在旅行途中，父母应小心保护孩子，避免滑倒。最好穿着平底（软底）凉鞋或透气型旅游鞋。

天星桥——『天然大盆景』

大手牵小手，逍遥清凉游

　　天星桥景区位于黄果树大瀑布下游7千米处，石景、水景和树景的巧妙搭配，让它看起来更像是个天然的大盆景。

　　与大瀑布的气势磅礴相比，天星桥景致则显得玲珑秀美。"风刀水剑刻就万顷盆景，根笔藤墨绘制千古绝画"，这句对联描绘了天星桥的神韵：山有灵性，水有灵性，连石头也有灵性。

天星桥石林里到处是千姿百态的大青石，高低不一，有的叫做"笔架"，还有的叫做"老鹰""黑熊"等。这些青石部分在陆地，称为盆景区；另一部分在水中，称为水上石林。

天星桥又名天生桥，其实并不是指具体哪一座大桥。石林的道路下面，往往就是白水河的暗流。因此，在石林中穿行，便如同穿越一道道天生的石桥。石林的每一处石缝都冒出了灌木藤蔓，一些生长在石包上的乔木和榕树，树根爬满岩壁，看起来既像是绿色的"墙屏"，又像是自然的"壁画"，使石林变成一个郁郁葱葱的绿色王国。在石崖与石壁之间，贴着水面分布着365块石块，石块的数目暗合了一年的天数。数着石板，荡着绿波，让人分不清是画中人，还是人入画了。

在石林附近的半山腰间，有一溶洞叫天星洞，以色彩斑斓的钟乳石著称。洞内有一根25米高的天然石柱，叫天星柱，直指洞顶。石柱周围，还有一些大小不一的石头，看起来极像盛开的荷花，若轻轻敲击，还会发出不同音色的乐声，美妙动人。

安全小提示

景区内多石阶磴道，且有多处险段，家长应提醒孩子在行进时身体宜前俯，下台阶时尤需缓步。此外，天星桥景区内可以说是一步一景，在游览过程中边走边看，既容易分散注意力，又可能失足，所以大人和孩子在看景时最好不要走路，走路时则不要看景。

滴水滩，来瞧瀑布三级跳

滴水滩景区位于黄果树大瀑布以西6千米处，又名关岭大瀑布，有"落差最大的瀑布"之称，瀑布总高316米。

滴水滩瀑布由三个瀑布组成，最上面叫连天瀑布，是滴水滩瀑布的第一级。瀑布从断崖顶端凌空飞流直下，让人忍不住感叹：疑似银河落九天啊！

冲坑瀑布是滴水滩瀑布中的第二级瀑布，分为三段，更体现了该瀑布的连绵不断。闻其声，就像一位曲艺超群的艺术家正在拨弄着琵琶，不禁让人想起"大珠小珠落玉盘"的诗句。

高滩瀑布是滴水滩瀑布中的第三级，也是其精华所在。由于它深切于峡谷之中，大自然的山崖将其遮掩，更有一股"只闻其声，不见其形"的韵味，使人愈觉神秘奇妙。

给孩子讲美丽传说

相传很久以前，这里并没有白水河和滴水滩，而是一片干旱之地。有一年，干旱特别严重，村里有个聪明的后生斗斗，他在挑水时帮助一位老阿公把水送到了家。而这位阿公居然是玉皇大帝变的，他想要报答斗斗。

斗斗告诉他说希望能引一条河水流经这里，于是阿公给了斗斗一条鞭子和一碗清水。斗斗来到指定的地方，口念咒语，将水喂到石犀牛身上，犀牛居然活了。犀牛开始起步走，走到哪里，水就流到哪里。后来犀牛饿了，乱跑乱跳，河水也跟着湍急起来。突然，犀牛腾空而起，落入了万丈深渊，河水在这里便如飞花碎玉般飞泻下来，变成了滴水滩瀑布。

事实上，滴水滩瀑布和黄果树大瀑布的成因相似，都是由于地貌变化引起的。不过斗斗热心助人的精神，也很值得我们学习哦！

最宽的瀑布——陡坡塘

大手牵小手，逍遥清凉游

陡坡塘瀑布位于黄果树瀑布上游1千米处，是其中瀑顶最宽的瀑布，瀑顶宽105米，高21米。就像奔腾的白水河在这里突然"刹住脚"一样，陡坡塘瀑布的顶端是一个面积达1.5万平方米的巨大溶潭，瀑布则是形成在逶迤100多米长的钙化滩坝上。

下到潭底，感觉瀑布又换了一种韵味。这里，看不到山河瀑顶，只见天和瀑布相接，汹涌的白水如排山倒海般袭来。陡坡塘瀑布还有一个特殊的现象，就是每当洪水到来之前，瀑布都要发出"轰隆""轰隆"的吼声，因此又叫"吼瀑"。

凤凰百花园是陡坡塘近年来推出的旅游景点之一。在这里，不仅可以观赏到百花争艳的场景，更有多种野生鸟类栖居于此。如喜欢开屏的孔雀、成双成对的鸳鸯、还有优雅戏水的白天鹅等。

探索神龙洞的神秘万象

大手牵小手，逍遥清凉游

神龙洞位于黄果树大瀑布上游3千米处，是该景区规模最大、最有欣赏价值的溶洞群。已探明的洞底面积约38万平方米，全长4 640米，平均高度21米，底层暗河与黄果树大瀑布相连。

洞内曲折幽深，许多个溶洞纵横交织在一起，游人进来后，感觉就像进入迷宫一样。各个溶洞内都有形态万千的石钟、石乳、巨型石花柱，这些都是历经数亿年天然形成的。如有的刻着观音像，有的看起来像南极仙翁，还有的被叫做"定海神针"。

黄果树大石瀑仿佛就是瀑布的石雕版，看起来同样雄伟气派。每天下午3点以后，都会有当地少数民族进入洞内举行"祭石瀑"仪式。面对大石瀑，他们虔诚地祈祷黄果树大瀑布能永远水量充沛。

给孩子讲美丽传说

大约在一千年前，官匪勾结，当地土著人无法忍受，爆发了起义。他们将黄果树神龙洞作为抵抗官匪的军事要塞，可起义失败，人们被困洞中，找不到出口。突然，一位佛家弟子发现了洞内的达摩雕像，立刻向达摩跪拜，希望达摩能保佑大家逃过此劫。这时，洞内天摇地动、巨石坠落，将围追的官匪都砸死了，达摩的侧面也出现了一个出口，让人们得以逃生。为了感谢达摩化身的救命之恩，大家在此跪拜了三天三夜。从那以后，许多土著少数民族都会对着达摩像膜拜。据说只要是有缘人，都会梦想成真。

所以，如果你有什么心愿，也不妨拜一拜吧！

走进石头的世界——石头寨

大手牵小手，逍遥清凉游

石头寨位于贵州西南镇宁县的扁担山，是一个布依族村寨，距离黄果树大瀑布约6千米。寨子依山傍水，里面几乎所有的建筑，都是由石头和石板建造而成，所以叫做"石头寨"。

走进寨门，就像走进了石头的世界。街道是石头铺的，房屋是石头垒的，屋顶也是石板盖的。电影《山寨火种》和《良家妇女》都曾在此取过景。

石头寨，当地布依语称之为"板波森"，意思是说"背靠石山，世居石屋"。这里的石屋有的房门朝向一致，一排排并列；有的组成院落，纵横交错；还有的石屋有石砌围墙，有石拱门进出。在院子里，到处安置着石凳、石椅与石桌，可供游人休憩、娱乐。

设计野趣大行动

贵州蜡染名扬天下，而石头寨是著名的蜡染之乡。常见的如头巾、衣服、手帕、床单等都是蜡染制品。

小·贴士

蜡染手帕制作方法

工具材料：石蜡、毛笔、染色颜料、白手帕、电磁炉、平底锅等。

制作方法：

1.用毛笔蘸取融化后的石蜡，在白手帕上画上你喜爱的图画，可以是一朵花，也可以是可爱的小动物。

2.细心地用染色颜料将白手帕涂满颜色，然后将染好的手帕放在热水里洗一洗，去蜡，待晾干，即完成了。

吃住行玩转大攻略

● 花江狗肉

花江狗肉原产于关岭县花江镇，选用特制的沙锅鼎罐，药草清炖，汤清爽而鲜美，肉细嫩而纯香。此外，它还有温补安五脏的功效，常吃有助于滋阴健身。

● 镇宁波波糖

波波糖也叫做波波酥，是贵州四大著名糕点糖食之一。其主要特点是香、甜、脆，色泽麦黄，食之口内久留芝麻的清香。波波糖味美可口，营养价值高，还有润肺、止咳、化痰等药用功效。

● "好吃佬"推荐

观瀑楼

地址 黄果树大瀑布景区大门2千米处。

推荐菜品 腊肉、米豆腐、辣子鸡等，还有因瀑布而出名的"瀑布鱼"。

安顺夜市小吃街

地址 安顺民主路。

推荐菜品 烤鱼、煮螺蛳等，还有各种美味小吃，如豆腐丸子、油炸粑稀饭等。

住宿信息大集锦

黄果树瀑布附近有一些宾馆、旅店可供住宿，但价格略高。如果不赶时间，游人可以选择在安顺市区居住，不仅环境更好，价格也更合理。

黄果树宾馆

地址 位于黄果树风景区中心位置。

设施 三星级标准，采用当地独特的民族建筑风格建成民居式别墅。宾馆设施完备，设有室内外游泳池、网球场等服务设施。

价格 150元/床/双人标间

交通资讯供给站

可通过火车、飞机先到达贵阳，然后在贵阳旅游客运中心车站乘一日游专线车，行车2小时即到。也可以在体育馆的长途车站坐大巴到安顺，然后转乘到黄果树的中巴，车费6元。

安全大通关

防寒防病： ★★★★★   跌倒摔伤： ★★★★☆

防日直射： ★★★★☆   小心溺水： ★★★★☆

亲子快乐小问号

1.黄果树瀑布群一共有多少个瀑布？其中最大的是哪个？

2."银雨洒金街"的典故是怎么来的？

3.天星桥是一座桥吗？

4.在哪个景点我们看到了美丽的孔雀？

5.为什么石头寨的建筑都是用石头建成的呢？

6.贵州的诸多美食中，你最喜欢哪一种？

"高原明珠" —— 红枫湖

给孩子的话

　　说到红色树叶，大家一定会想起枫叶。都知道加拿大的国旗上面，就有一个枫叶标志。而在贵州有一个美丽的湖泊，也因为枫树而闻名中外，那就是被誉为"高原明珠"的红枫湖。

巧夺天工的枫叶之湖

大手牵小手，逍遥清凉游

　　红枫湖位于贵州清镇平坝县境内，是20世纪50年代末修建电站而形成的一个人工湖。其蓄水量可达6亿立方米，为贵州高原人造湖之最，相当于6个杭州西湖的面积。湖边有座红枫岭，岭上及湖周栽种着许多枫香树，每到深秋时节，茂密的枫叶一片火红，映着碧绿的湖水，格外好看，故此湖被命名为"红枫湖"。

　　虽说是个人工湖，但红枫湖却环山绕水、风景秀丽，一点也看不出人工缔造的痕迹。以花鱼洞为界，红枫湖可分为北湖、南湖、后湖三大景区，100多个大小岛屿及半岛散布其间，湖、岛、山、洞巧妙地结合起来，构成了一幅诗情画意的画卷。1991年，江泽民视察该景区时，曾题词"红枫湖景美，贵阳气象新"。

　　不同季节的红枫湖，供人游览的情趣也不一样。春天的红枫湖，到处弥漫着金黄的油菜花，让游人沉醉在花海中。夏天的红枫湖，水涨起来了，临望波光粼粼的湖面，让人身心凉爽。秋天则是属于枫树的季节，也是最佳的观赏季节，那无穷无尽的枫树，吸引着人们去探索。而到了冬天，野生的鸟类纷纷开始栖息，红枫湖又变成了鸟儿的乐园。

给孩子讲美丽传说

为什么红枫湖依山傍水，夏天却没有蚊子呢？据说红枫湖过去也有很多蚊子，但是有一年，明朝建文帝逃难来到清镇，就躲在红枫湖边上的凉伞洞里。蚊子自然不认得皇帝，一群群的围着他叮咬。养尊处优的"天子"，一边扑打一边咒骂："这些断子绝孙的蚊虫也欺负起寡人来了。"金口玉言一出，蚊子果然"断子绝孙"了。

皇上的金口玉言当然不可能让蚊子真的"断子绝孙"，事实上，主要原因还是由于红枫湖湖大水深，水质清洁，即便是大雨滂沱，湖水也不浑浊，不利于蚊子生存。此外，红枫湖有野鸭、湖鸥等几十种野鸟，都是蚊子的天敌。而红枫湖年平均气温仅14℃，这种偏低气温，也不适于蚊虫繁殖。

设计野趣大行动

红枫湖的枫树如此之多，小朋友自然不会错过又大又红的枫叶了！枫叶除了可以做标本，做书签，还能做成漂亮的玫瑰花呢！心灵手巧的你，快来试一试吧！

小·贴士

枫叶玫瑰制作方法

工具材料：多片枫叶、细线。

制作方法：

1.选择干净、干燥的大枫叶一片，将其对折。

2.从枫叶的一侧开始卷，一直卷到另一侧，变成一根小圆棒。

3.再选择一片大枫叶，将其对折，包裹在原来的小圆棒外。注意外面的枫叶包裹时，应折出层次来，看起来就像是玫瑰的花蕊。

4.接着，再用一片枫叶在"花蕊"外面包裹，尽量让其包裹得有棱角，就像玫瑰的花瓣。

5.用细线将花瓣缠绕起来，一朵玫瑰花就做成了。留在下面的叶柄，就是"玫瑰"的茎哦！

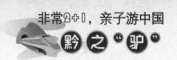

北湖——水域之岛

大手牵小手，逍遥清凉游

　　北湖以岛闻名。游人放眼望去，那些大大小小的岛屿就像一颗颗翠绿的珍珠。据悉其中有71个岛屿，如太阳岛、龟蛇岛、鸳鸯岛、鸟岛等。

　　大大小小的岛屿中，龟蛇岛是最吸引游人注目的。这是一个小岛，小山坡上有一块形极似龟和蛇的山石，非常醒目。岛上草木茂盛，阴凉宜人，而且空气中还带有各种花草树木的气息，令人沉醉。人从小岛向外望，只见一碧如洗的红枫湖在阳光的照耀下晶莹如玉。兴隆半岛像是一只伸出的温暖之手，要与来客握手致意。在月亮湾半岛和鸳鸯岛上面，设有贵州水上运动训练基地，不少游艇健儿就是从这里走向世界的。

　　北湖中尤其值得一提的是民族村，它由侗、苗、布依3个村寨组成，其建筑也极具民族特点。风雨桥又称花桥，为侗族建筑的"三宝"之一，桥身覆有重檐盖顶，其上还有四角攒尖葫芦顶。而造型精巧的侗族鼓楼，外形看起来则像个多面体的宝塔。在民族村里，游人不仅可以欣赏到各具民族风情的歌舞表演，还能品尝到不少当地的美食呢！

　　北湖沿岸还有西汉时代的古墓群，以及明代的"苗王营垒"。观赏这些古老的建筑群，让人忍不住联想起那时的烽火烟城。

给孩子讲有趣民俗

　　鼓楼是侗族人民的标志，每个侗寨至少有一座鼓楼，有的侗寨甚至多达四五座。过去鼓楼都悬挂一面牛皮长鼓，平时村寨里如有重大事件，即登楼击鼓，人们闻声而来，一起商议。有的地方发生火灾、匪盗，也会用击鼓来呼救。所以，侗族人对鼓楼、长鼓特别喜爱。

南湖——洞中之湖

大手牵小手，逍遥清凉游

　　三大景区中，南湖的面积最大，景点也最多，而最值得一看的莫过于将军湾溶洞群了。这些溶洞群景致互不相同，各具特色。其中的将军洞长达600米，水涨时会形成独特的"洞中湖"。洞内钟乳石柱五光十色，倒映在水面，宛如一座水晶宫殿。洞内尽头有一幅10多米高、20多米宽的晶莹闪烁大石幔，恰似一幅巨大的瀑布从悬崖直泻而下，甚为壮观。

　　与将军洞隔湖相望的是打鱼洞，有农民在洞底打过鱼，故得名。这是一个层叠式的溶洞，初步分为七层，都有名目，从下到上，依序为：洞底阴河、两岸猿声、梦笔生花、空谷回音、金玉交辉、千山万壑、九天银河。洞内有形形色色的钟乳石，有的金碧辉煌，有的洁白如玉，让游人眼花缭乱。

　　游人逐渐前行，湖面会逐渐狭窄，两边的岩岸犹如一把锋利的斧子，直劈入碧水中，所以也有人把它称为"小三峡"。再往南行，右岸有一群仁立水中的小石林，这里的岩石是横看不成岭，侧看不成峰，但又一片一片向上堆积，有如卷帙浩繁的典籍，因此又被称做"峭壁天书"。

后湖——鸢飞鱼跃

大手牵小手，逍遥清凉游

后湖中湾汊最多，并且纵横交错，给人一种"山重水复疑无路，柳暗花明又一村"的美妙感觉。长长的湾汊也变成了飞鸟栖息繁衍之地，据统计，曾有数十种、上万只的飞鸟在此戏水、争鸣、竞飞，构成一幅飞禽乐园的生动画面。

● 斑嘴鸭

斑嘴鸭是国家保护动物。外形长得像鸭子，有暗褐色的羽毛，嘴峰黑色，尖端黄色，头侧有明显淡白黄色眉斑，这是它与一般鸭子的明显区别。黄昏时分，斑嘴鸭就喜欢散飞往稻田、沟渠或泥塘中觅食。

● 白鹭

白鹭又名鹭鸶，古诗"两个黄鹂鸣翠柳，一行白鹭上青天"说的就是它。它是一种非常美丽的水鸟，有细长的腿及脖子，全身披着洁白的羽毛。若是在晴天，一群白鹭朝着夕阳的方向飞去，真有"落霞与孤鹜齐飞，秋水共长天一色"之感。

● 红嘴鸥

红嘴鸥俗称"水鸽子"，体型大小与鸽子相似。红色的小嘴扁扁的，尖端呈黑褐色，身体大部分为白色，展翅高飞时，犹如白衣仙子。红嘴鸥的叫声有点沙哑，常发出"哈-哈-哈"单调的声音。

吃住行玩转大攻略

大嘴小嘴吃天下

来到红枫湖可别忘了吃鱼，因为红枫湖的鲜鱼味美是远近驰名的，有酸汤鱼、脆皮鱼、珍珠鱼、糟辣鱼、糖醋鱼、葱花鱼、松鼠鱼、清蒸全鱼……说起来可以摆一桌全鱼宴了。

● 苗家酸汤鱼

苗家酸汤鱼是苗族祖先流传下来的一道特色菜。制作时首先用清米汤发酵制成酸汤，再将当地的野生鲤鱼放入已煮沸的酸汤中，最后加入各色调料。做出的鱼鲜香细嫩，麻、辣、酸、香多味俱全。

● 酥虾

红枫湖里面的河虾特别鲜美。将新鲜的河虾洗净控水，再用高温翻炒，就变成了鲜香美味的酥虾。

● "好吃佬"推荐

成龙私房菜

地址 平坝县清真街6号。

推荐菜品 传奇招香骨、山珍肉饼火锅、脆皮山药等。

人均消费 30元。

· 温暖提示 ·

在进入苗寨时，常常会有苗族姑娘敬酒的习俗，游人要饮用盛在牛角杯中的酒。不过切记喝酒时手不要去碰牛角，否则苗人会认为你酒量很好，会让你喝很多。

交通资讯供给站

红枫湖风景区距贵阳市区仅25千米，贵阳市内河滨公园有旅游专线车直达，20多分钟即可到达。也可在贵阳第一客运站坐小巴，半个小时即可到清镇，然后打车到公园门口，只要15元。

住宿信息大集锦

可以选择距景区不远的贵阳市，市区拥有各种档次的宾馆，标房价格一般在150～200元。如果是自助旅游的背包客，则可选择景区附近的招待所，比较便宜。

省钱小妙招

1.门票：每年3月1日～10月31日为旅游旺季，门票为40元。而从11月1日到次年2月底，为旅游淡季，门票为30元。

2.游船：乘坐景点的游湖大船为20元/人。如果选择当地人的机动船游湖则可以讲价，一般10～20元不等，游艇相对贵些。

安全大通关

⚓ 防肠胃病：★★★★★

⚠ 小心溺水：★★★★☆

☀ 防日直射：★★★☆☆

亲子快乐小问号

1.你知道红枫湖名字的由来吗？

2.鼓楼是哪个民族的标志，它有什么用处？

3.在南湖区观赏时，你最喜欢的是哪一处风景？

4.后湖有哪些鸟，你最喜欢哪一种呢？为什么？

舞阳河，

黔东南 "水墨画卷"

给孩子的话

　　玩水是孩子们的天性，炎热的夏天，玩水还能消暑解热，真是个不错的选择。多彩的贵州就是以水多、水奇、水秀而出名的，如闻名的舞阳河风景区，正是玩水的好地方哦！

风情上舞阳——奇山异峰

大手牵小手，逍遥清凉游

　　舞阳河，又名舞水，位于贵州黔东南苗族侗族自治州内，是古代著名"五溪"之一。它跨越凯里市附近的镇远、施秉、黄平三县，全长约350千米。

　　景区内，有数不清、看不尽的奇山、岩柱、石牙、峰丛、溶斗、穿洞、瀑布、

飞泉等，恰似一幅美妙绝伦的水墨画。有人就曾用诗句"曾是夜郎秦淮河，俨然清明上河图"来形容舞阳河的神韵。

舞阳河可以分为上、下两段。上舞阳东起施秉城西的观音崖，西至黄平的印地坝。上舞阳景区旅游航道不算长，却有大大小小36道湾，是下舞阳湾道的两倍。两岸悬崖峭壁高达数百米，船游其间，人们只听到空山鸟语、幽谷蝉鸣，恍若到了世外桃源。

上舞阳有头峡、无路峡、老洞峡等峡段。头峡亦称"九曲峡"，为上舞阳河上游。此峡段环绕着一座高耸陡峭的山峰（笔架山），河床如九曲十二回肠，游船在河中航行要转十几道弯，而仰头眺望，笔架山仍在眼前，所以被称为"九转回峰"。

无路峡是因为峡中的"无路塘"得名，长约18千米。如今无路塘边的密林深处常见猴群出没，为上舞阳河干流峡谷中最幽深神秘的景点。

老洞峡又名"哭夫峡"，长约8千米。沿途人们到处可以看到郁郁葱葱的原始植被，还有许多奇形怪状的山峰林立，如老态龙钟的"姜太公钓鱼""哭夫岩""八仙过海"等。

风情下舞阳——魅力三峡

大手牵小手，逍遥清凉游

　　下舞阳段位于施秉县和镇远县之间，是整个风景区的精华，主要由西峡、龙王峡、诸葛峡组成，因此也号称"舞阳三峡"。

　　舞阳三峡的入口处名为相见坡，乘舟驶入不久，便可见河面宽阔的龙王峡。龙王峡全长16千米，两岸是近200米的悬崖峭壁，河床最窄处不过30米，这里便是有名的"一线天"。在龙王峡下游悬崖峭壁处，有一大一小、一高一低两根石柱站立在一起，石柱的根部相连。大的柱身净高54米，形如孔雀高高上翘的尾巴；小的柱身净高40米，恰似孔雀昂起的头部。远远望去，活像一只正在散开华丽羽毛的大孔雀，因此被称为"孔雀峰"，是下舞阳的象征。

　　诸葛峡又称"诸葛洞"，相传诸葛武侯南征时曾在此凿河，以便于漕运，故得其名。其峡长约8千米，河两岸悬崖高耸，瀑布飞泻。在诸葛峡下段河面上，游人举目远眺，可以看见仰面而卧的卧佛岭。

　　西峡位于舞阳河三峡的下游河段，这里航程曲折，时而惊涛骇浪，时而水势平缓。其中西峡瀑布一直为人所称道，晴空之下，瀑布像一匹横空挥洒的白练，从百余丈高的悬崖上直泻而下。如在雨季，飞瀑甚至可直达对岸。

杉木河——有惊无险漂流宝地

大手牵小手，逍遥清凉游

杉木河位于施秉县西北部，距县城约14千米，因其上游两岸盛产优秀杉木而得名。

杉木河本是一条流量较小的河，根本无法与绮丽多姿的舞阳河相提并论，但是在其仅44千米流程内，它却有总计640米的天然落差，所以当之无愧为最理想的漂流之所。

杉木河的河床为卵石细沙铺地，碧透的水流顺着宽绰的河道款款流淌，感觉就像是天上的瑶池甘霖。虽然水流落差较大，但是水深大部分只及大腿，即使落水也没有太大的危险，因此整个漂流有惊无险，非常适合橡皮艇漂流。据说，这里的河水对人体还有天然疗效，被誉为"神水矿泉河"。

河岸两旁也有不少秀丽的景致，旁侧山峰有的像长龙卷浪，有的似巨虎长啸，有的如孔雀开屏，有的像将军骑马……似乎因为有了水的濡养，山显得更有灵气了。同时，杉木河也是一个绿色的世界，河岸上各种各样的原始植物生机盎然、千姿百态，让人分不清是水绿，还是山绿，或者是天也变绿了。

安全小提示

杉木河漂流虽然有惊无险，但家长带着孩子漂流时还是要做好安全措施。要提醒孩子不要在艇上打闹，更不要主动去抓水中的漂浮物和岸边的草木石头，以免艇翻。年纪太小的孩子，尽量不要参与漂流。漂流时最好穿凉鞋，拖鞋容易被冲走，不穿鞋则容易打滑。挑选同船漂流的人时，要找个和自己体重差不多的，以保持皮筏平稳。

大手牵小手，逍遥清凉游

青龙洞，『入黔第一洞天』

青龙洞位于镇远县城东郊，在中河山山腰的悬崖地带分布着"青龙洞古建筑群"，包括30多座古建筑，"青龙洞"就是人们对此古建筑群的总称。这些古色古香的祠庙、道观、学堂、会馆集儒、道、佛等文化于一身，有"入黔第一洞天"的美誉。

青龙洞古建筑群始建于明代中叶，如今包括紫阳书院、中禅院、万寿宫、祝圣桥和香炉岩等建筑。整群建筑靠山临江，错落有致。亭台楼阁的飞岩翘角、红墙青瓦都体现了古夜郎国的气势宏伟。造型独特的建筑物与悬崖边的古木、藤萝、岩畔、溶洞有机地融合在一起，让人分不清是人间仙境，还是海市蜃楼。

紫阳书院亦称紫阳洞，位于万寿宫东侧石崖上。其地势险要、环境幽深，据说是为纪念大儒朱熹而造的。中禅院也称中元洞，里面有大佛殿、望星楼、独柱亭、六角亭等建筑物。其山门是两块巨石斜靠在一起，天然形成的，而门楣上刻有"入黔第一洞天"六个大字。

万寿宫即江西会馆，建筑在濒临舞阳河东侧长45米的石基坎上。它由山门枋、戏楼、厢楼、杨泗殿（供祀杨泗将军）、客堂、许真君殿与文公祠等建筑组成。祝圣桥原名"舞溪桥"，为一座横跨舞水河的大型石桥。大方青石筑砌，全长

135米，宽80.15米，高17米，共有7个孔。祝圣桥可是古时镇远的交通要塞。

　　香炉岩其实是一个形似香炉的奇特巨岩，与整个古建筑隔着一条8米宽的公路。岩顶建有一座单檐六角攒尖小亭，俗称"莲花亭"。曾是历代文人游览题咏，借景抒情之地。

据说古时候，青龙洞内住着一条青龙，它生性善良，乐于助人。而中元洞内住着一只水妖，它心肠狠毒。当地有一户渔家，两个儿子都被水妖吃了，老三也生病了。一天，一位青衣道士来化缘，治好了老三的病。老三去打鱼时又碰到了水妖，他用尽全力打死了水妖，自己却被河水冲走了。这时，青衣道士出现了，朝老三吹了一口气，并将他送到岸上。村民看到老三很高兴，可青衣道士却不见了，岸上只有一条青龙盘绕，大家才明白，原来是青龙给了老三神力来铲除水妖。于是，村民纷纷捐钱，在那里建了一座寺庙，以纪念青龙的恩德，取名青龙寺，后来才变成了青龙洞。

当然，真正的青龙洞并不是这样形成的，但是这个故事也告诉我们，心地善良的人才会得到人们的爱戴。

吃住行玩转大攻略

大嘴小嘴吃天下

● 侗家腌鱼

　　这是一道侗家人的传统名食，做法是将活鱼剖开洗净放入瓦坛中，与西红柿、花椒等一起腌制，半年后取出。腌鱼的外形黝黑如焦炭，但肉质却细滑嫩白，味如梅子，连鱼刺都化若无骨。

● 镇远道菜 　　● 侗果

　　相传为青龙洞中的道士所创，储藏愈久，其口感越好。制作时以青菜做原料，置阳光下暴晒至菜叶发软后洗净，再晾晒至八成干加盐揉搓，入缸内腌制。最后用甑子蒸，洒上白酒，入坛密封3个月，即可食用。

　　这是侗家招待贵宾的一种特产美食。制作时将蒸好的糯米舂粑，边舂边洒上野甜藤水，制成糍粑晾上一天，阴干后，再用菜油炸，撒上炒香的芝麻，又香又甜又脆的侗果就制成了。

● "好吃佬"推荐

美丽镇远酒楼
　　地址 镇远县古城中间，距青龙洞100米。
　　推荐菜品 道菜扣肉、舞阳河小干鱼、舞阳河小虾等。

凯里快活林酒家
　　地址 贵州凯里市环城西路54号。
　　推荐菜品 酸汤鱼、腊肉香肠、血豆腐拼盘等。

住宿信息大集锦

三丰迎宾馆

地址　施秉县舞阳河与杉木河交汇处。

设施　三星级标准，设施齐备，环境幽雅。

价格　110元/双人标间。

舞龙旅社

地址　舞阳河附近。

地址　公共洗手间，带热水器。

价格　10元/人。

交通资讯供给站

1.要到舞阳河，先到达镇远。湘黔铁路经过这里，可在贵阳坐火车到镇远站下车，约5小时。亦可在贵阳长途汽车站乘到镇远的客车。

2.县城没有公交车，但出租车很多，2元起步。去舞阳河风景区，可在县城汽车站坐车，告诉司机在舞阳河下车，20分钟即可到达，4元钱。从火车站到青龙洞需4元左右。

3.如果是自驾车，则可以先到贵阳，然后经镇远，或是经凯里，或是经玉屏转到舞阳河。不过山路不是很好走，对车有一定的要求。

安全大通关

舞阳河美景多为水，旅行途中容易打湿，尤其是漂流之后要及时换上干衣服，小心着凉。

防受凉：★★★★★　　　小心溺水：★★★★☆

防日直射：★★★☆☆

亲子快乐小问号

1."舞阳三峡"指的是哪三峡？

2.还记得我们去漂流的地方叫做什么吗？

3.青龙洞里有很多古建筑，你最喜欢哪一个？

梵净山，通往佛国的天梯

给孩子的话

石头有方形的，有圆形的，还有菱形的，但是你见过蘑菇形的巨石吗？在梵净山上，不仅有奇特的蘑菇石，还有神奇的金顶，更有蜿蜒曲折的7 000多级石阶，被称为"通往佛国的天梯"。

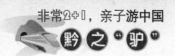
四大奇观之——红云金顶

大手牵小手，逍遥清凉游

　　梵净山，位于贵州省铜仁地区的江口、印江、松桃三县结合部，海拔2 572米。它是武陵山脉的主峰，也是贵州第一山。其山雄奇多姿，其石形态各异，曾被明朝皇帝赞为"众名岳之宗"。因梵净山山形若甑，所以当地人也称之为"饭甑山"，又因此山最早为"弥勒净土道场"，梵寺众多，人们就以"梵净"称之。

　　梵净山的路全部由石头铺成，到达山顶要爬7 000多级石阶，并且一路崎岖，常有六七十度的陡坡。在山顶上矗立着约94米高的山峰，远看像块长形的黑石头兀立在山之巅，这就是为人称道的"金顶"。要想登上金顶顶峰，还得再爬2 000多级石阶。

　　根据开发时间的先后，梵净山有新金顶和老金顶之分。新金顶因为地势高，所以天亮较早。每当朝阳初升，金顶首先被染成绯色。一会儿，阳光转成深红，这时山间的朝雾升腾起来，被阳光渲染成一朵朵鲜艳的红云，弥漫在金顶周围，所以被称为"红云金顶"。这也是梵净山的第一大奇观。

　　在新金顶的峰顶至山腰处，有一条裂缝将其分成两半，这就是金刀峡。两峰间的距离最宽处二十余米，最窄处仅两三米，因此金刀峡也被叫做"一线天"。在这两个山顶上，分别建有释迦殿、弥勒殿，两殿之间靠一座金顶桥相连。游人在桥上俯瞰，只见万丈悬崖，深不可测。

　　老金顶古称"月镜山"，与新金顶相对，是梵净山的最高点。据说如果徒步登上了梵净山老金顶，人会体会到灵魂出窍的境界。一来是因为跟佛祖无限接近，二来是说人登上9 000多级台阶以后，呼吸已经不能顺畅，在超越了体能的极限之后，身体飘飘然，如同灵魂出窍。

给孩子讲美丽传说

据说新金顶原是一个整体，后来，因为释迦佛和弥勒佛都看上了此处的好风光，想在这里打坐修行，两位宗师互不相让、互相争吵的情景被燃灯古佛看到了。于是他手持金刀，从峰顶一刀劈下，从此一峰分为二顶，释迦佛居左边，而弥勒佛居右边，中间那道裂缝也以"金刀"命名。

安全小提示

　　新、老金顶都比较陡峭，如果体质较差的人或患有先天较重疾病的患者，最好不要爬上去，避免过于劳累而伤身。上山时，尽量轻装上阵，不要背负太多。

四大奇观之——高山石林

在梵净山，人们还可看到另一项奇观——高山石林。那一层层、一堆堆，突露在山巅的岩群姿态万千、气势磅礴，让人忍不住感叹大自然的鬼斧神工。

"万卷崖"是石林中一大奇景。因为整座山体都是由石头整整齐齐地堆砌而成，就像古代卷帙浩繁的书册，气势宏伟，所以被称为"万卷书"。看着那层层相叠的"石书"，不知你有没有想去翻阅的欲望呢？

紧挨着"万卷书"，就是梵净山的标志——蘑菇石。它是屹立在崖边的一块10米多高的岩石，下面是一根较细的石柱，上面有一斗状巨石堆，上大下小，形如蘑菇。从旁边看上去，上面的巨石岌岌可危，似乎马上要掉下来。但事实上，它却顶天立地，稳稳站立了若干万年。

距蘑菇石十余米便是九皇洞。据说以前有位九皇妃曾在这里修炼成仙，因此得名。虽名为洞，其实只是两崖之间一处宽阔的石穴。石穴上方石壁上镌刻着"洞天佛地"四个楷书大字，下面则供奉着九皇妃的神像。距九皇洞不远，有一面平整的石台，一方巨印便放置于平台之上，人称"翻天印"。在石台下面有两个大小不同的天然圆坑，大的长年积水叫"金盆"，小的盛满尘灰叫做"玉炉"。传说九皇妃每日拜佛时，先以金盆洗手，然后再去玉炉插香。

在峰脚一带，还有许多颜色各异、棱角分明的砾石，犹如一颗颗宝石镶嵌在山崖上。在阳光的照射下，砾石闪烁着瑰丽的光芒，所以被人们称为"万宝岩"。

四大奇观之——云海林涛、梵净佛光

大手牵小手，逍遥清凉游

梵净山有一项你无法触摸的奇观——"云海"。人从金顶远望，白云无边无际。浓密时，就像堆积的新絮；稀疏时，则又像撩人的轻纱。

梵净山有4.2万公顷的原始森林，其中分布着各种各样的植物2 000多种。最有名的当属"植物活化石"——贵州紫薇王。这颗紫薇树高34米，胸径1.9米，冠径15米，枝繁叶茂，树龄1 300余年。

梵净山中的黔金丝猴有"世界独生子"的美誉，它是一种蓝面孔、朝天鼻、毛色金灰相间的金丝猴。据悉，全世界目前只有约750只黔金丝猴，正濒临灭绝。

梵净山的灵山秀水也与佛家文化密不可分。在山上有承恩寺、报国寺、释迦殿、弥勒殿等大小寺庵48座，因此梵净山也被称做"古道佛场"。

每到旭日东升或夕阳西下，在金顶及附近，人们在太阳相对方向的云雾上，可以看到七彩相间的巨大光环，就像佛祖出现时的七彩光晕。这就是有名的"梵净佛光"。

吃住行玩转大攻略

● 印江酸扎鱼

酸扎鱼是印江特有的美食，一般当家里有剩鱼时，印江人便把鱼洗净，拌上糯米粉和红辣子放到坛子里腌十天半个月。吃时把腌成的鱼从坛子里取出，放上姜、葱用茶油或菜油煎，即成一道酸辣醇香的风味菜。

● 江口米豆腐

米豆腐是铜仁地区的名小吃，它是用大米淘洗浸泡后加水磨成米浆，然后大火熬制做成"豆腐"。吃时切片放入盘内，再配上大头菜、黄豆、酥花生、香辣酱等，食之口舌生津、开胃消食，夏天食用更可解暑。

● "好吃佬"推荐

胜林餐馆
地址 江口县桥头。
推荐菜品 腊肉炒蒜苗等农家菜。
农家乐客栈
地址 梵净山下的麻麻村。
推荐菜品 酸汤鱼等。

陈公馆酒楼
地址 铜仁市环西路67号。
设施 设施齐备，环境优美。
价格 90元/床/标间，30元/床/普间。
山顶木屋
地址 梵净山山顶。
设施 有床、公共卫生间，靠自发电，晚上十点后停电。
价格 15～30元/床。

交通资讯供给站

1. 乘飞机至铜仁大兴机场，然后坐中巴去梵净山。
2. 没有直接到铜仁的火车，所以如乘火车则在玉屏站下，再从玉屏转到江口的汽车。

·温暖提示·

铜仁城里打出租车，只要不出城都是3块钱。江口只有"扑扑车"，上车1元/人。

到了梵净山，从山门到爬山的第一个台阶还有10千米的路程，体力好可以步行，也可坐车，10元/人。

要爬完7 000多级台阶一般需3～4个小时，下山需2个半小时左右，所以体力不支者可坐竹轿（当地人称"滑竿"），价钱因体重而定。

1.什么是"红云金顶"？

2.石林中你还记得哪些有趣的石头呢？

3.被誉为"植物活化石"的是什么树？

4.梵净山中有一种动物被称为"世界独生子"，它是什么？

马岭河峡谷，

地球上最美丽的伤疤

　　我们居住的地球是一个椭圆的星球，上面有山有水，也有裂缝。那些裂缝看起来就像是一道道伤疤，布满地球的表面。其中有一道地球上最美的伤疤，那就是马岭河峡谷。

马岭河——传奇的天沟地缝

大手牵小手，逍遥清凉游

马岭河峡谷位于贵州兴义市境内，全长74.8千米。它的地貌结构与一般峡谷不同，实际上是一条地缝。人从谷底往上看，天像一条沟；从谷顶往下看，地像一条缝，因此有"天沟地缝"之说。

在马岭河上游，居住着车榔布依族古寨，有名的车榔温泉便出自这里。在峡谷两岸各有一个温泉，左边的是"儿子泉"，右边的是"姑娘泉"，水温常年保持38～40℃，布依族男女常常对河而浴。

虽然贵州的瀑布当属黄果树居首，但与马岭河峡谷的瀑布比起来，似乎单一了些。马岭河峡谷内有众多千姿百态的瀑布群，在"群瀑竞流区"，三条大瀑布并列而下，犹如三队白马，咆哮着奔腾。其中最高的瀑布落差是280米，远远高于黄果树大瀑布。

"两岸猿声啼不住，轻舟已过万重山"，这是大诗人李白的诗句，用来形容马岭河的漂流再合适不过了。马岭河漂流段长50多千米，分上、中、下三段，漂过18滩、60余湾、30余潭、200条瀑，如果要漂完全程约8小时，因此有"天下第一漂"的美名。此外，因为两岸的悬崖比河流高200米左右，人在河里漂，仿佛在地缝里历险，更是让人觉得惊险刺激。

给孩子讲有趣民俗

每年农历六月二十一至二十三是布依族人民的传统节庆——查白歌节。节日期间，人们纷纷赶往兴义市郊查白寨，节日活动的主要内容是赛歌，白天在歌场赛，晚上到住户的院里或屋中唱，主人会给客人提供"花米饭"和"茶水"。

万峰湖——野钓者的天堂

大手牵小手，逍遥清凉游

万峰湖位于马岭河峡谷风景区的下游，是一个人工湖。它湖面宽阔，蓄水量丰富，相当于17个红枫湖。湖内有上千座山峰构成上千个全岛或半岛，景色十分迷人，素有"万峰之湖，西南之最，南国风光，山水画卷"的美誉。

整个水域湖深面广，溶氧高，看起来清澈度很高。此外，湖水温度适宜，全年最低水温为 14℃ ，适合各种鱼类的繁殖和生长，因此也成了鱼儿的好家园。这里有20多种鱼类，吸引了很多野钓爱好者前来垂钓，被誉为"野钓者的乐园"。我国每年的野钓大奖赛也是在这里举行的。

万峰林——可预报天气的『气象山』

大手牵小手，逍遥清凉游

万峰林，位于马岭河峡谷中下游，顾名思义，是由数万个独立成趣的奇峰异峦组成的浩瀚峰"林"。兴义市约2/3的面积都是万峰林，总面积达2 000平方千米。明代地理学家、旅行家徐霞客就曾对此赞叹过："天下山峰何其多，唯有此处峰成林"。

万峰林中最为人称道的是将军峰和仙女峰，因其外形而命名。这两峰也是万峰林的标志。在一座座秀美精巧的山峰下，是布依族人金镶玉嵌的丰收田坝。这些田坝的分布并没有规律，一点也不工整，但似乎又如同诸葛亮的八卦阵，蕴藏了许多的玄机。阳春三月，遍地的油菜花开了，游人放眼望去，一片金黄的花海，连空气中都弥漫着沁人的花香呢！

万峰林还能预报天气，因为它所有的高峰都是"气象山"。只要气候变化，山顶就出现"云戴帽"或"峰插天"的现象，"云帽"的大小，就预示着何时天变及雨量的大小。每遇"气象山"的"云帽"晃动，则预示着阴雨转晴。

给孩子讲美丽传说

很久以前，万峰林一带是一片汪洋大海。玉帝命令镇海神童退去海水，让四方土地神下凡管理这里。多年后，玉帝发现这里依然一片荒凉，于是命令西王母的三个子女阿娥、阿凤和阿龙三姐弟赶山填海。四方土地神向观音菩萨求救，菩萨连忙来阻止，使三姐弟赶来的山停在了半路，形成了万峰林。由于无法回到天庭，大姐阿娥便化成了仙女峰，二姐阿凤化成了秀女峰，三弟阿龙则化成了将军峰。

据文物考古和地理学家研究认定，大约3.64亿年前，兴义这里确实还是一片汪洋大海。后由于多次的造山运动，地壳不断上升，才导致山峰群的出现。

吃住行玩转大攻略

大嘴小嘴吃天下

● 鸡肉汤圆

鸡肉汤圆是兴义的招牌小吃之一，其特点是"众家皆甜，唯我咸鲜"。它不同于其他汤圆的关键是：以鸡肉为馅，灌鸡汤，点芝麻酱，将糯米的清香与鸡肉、芝麻酱的鲜香融为一体，吃起来细滑、清爽，油而不腻。

● 刷把头

"刷把头"和北方的烧卖有点类似，但里面的内容不同，口感也不一样。兴义"刷把头"起始于清同治年间，因其形状如民间所用竹刷把而得名。食用时最好配上用鸡汤、油浸胡椒面、酱油、葱花、味精等兑成的蘸水，味美无比。

● 杠子面

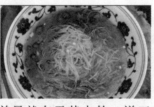

和一般的面条相比，兴义杠子面吃起来更爽滑劲道，差异就在于其中的一道工序——擀面。就是用一根胳膊粗的杠子压，杠子的一头固定在墙里，人骑在另一头来压，杠子面也就是由此得名。根据口味差异，面条还分有传统、辣鸡、肠旺等几种。

● "好吃佬"推荐

柱明胖哥狗肉馆

地址 兴义市桔园路。

推荐菜品 以狗肉为主，包括烤狗排、黄焖狗肉、尖椒炒狗肉、红烧狗肉等。

人均消费 44元/人。

交通资讯供给站

1.可乘飞机至兴义机场，再转车至马岭河。从兴义乘中巴到马岭河，车费2元。

2.贵阳长途汽车总站（延安西路32号）有到兴义的长途汽车，再转中巴到马岭河。

3.自驾车从贵黄路至关兴路走即可。

安全大通关

防寒防病：★★★★★   防日直射：★★★★☆

小心溺水：★★★★☆

1.传说中的"天沟地缝"，你现在知道是何意了吧？

2."野钓者的天堂"说的是哪个湖？

3.万峰林是如何预报天气的？

第二章

地貌奇观，

神奇自然游

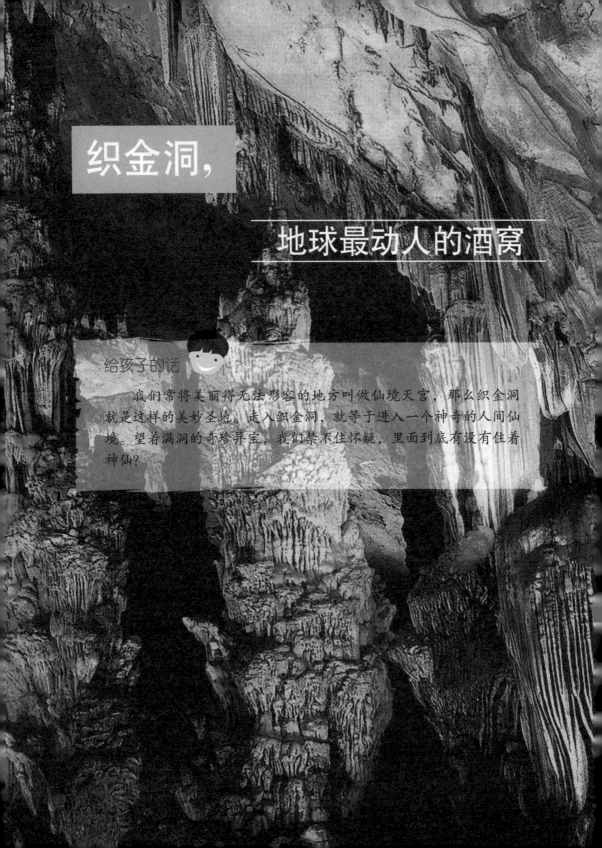

织金洞,

地球最动人的酒窝

我们常将美丽得无法形容的地方叫做仙境天宫,那么织金洞就是这样的美妙圣地。走入织金洞,就等于进入一个神奇的人间仙境。望着满洞的奇珍异宝,我们禁不住怀疑,里面到底有没有住着神仙?

溶洞之王，人间仙境织金洞

大手牵小手，逍遥神奇游

据很多地质专家说，洞穴是人一生中至少应该去一次的地方，否则你不知道自己居住的这个星球是多么美妙。织金洞，就被誉为"溶洞之王"，绮丽的岩溶景观让人无比神往。如果把马岭河大峡谷比作地球最美丽的伤疤，那么织金洞则是地球上最动人的酒窝。

织金洞，位于毕节织金县城内，又名"打鸡洞"，因以前苗家青年男女经常在洞口踢鸡毛毽而得名。织金洞目前已开发出来的长度约13.5千米，其洞内的碳酸钙沉积物堆积类别达40多种，囊括了当今世界溶洞中的各种沉积形态。根据不同景观和特点，全洞划分为讲经堂、万寿宫、广寒宫、塔林洞等47个厅堂。它既是一座地下艺术宝库，又是一座岩溶博物馆，当之无愧为"中国最美的十大奇洞"之首。

走进洞口，首先看到的是秀美飘逸的四个大字"第一洞天"。两侧有文学评论家冯牧先生的题词："黄山归来不看岳，织金洞外无洞天，琅嬛胜地瑶池景，如信天宫在人间。"这也是对织金洞最经典的评论。

洞口还有一处绝妙的景致。待天晴时，阳光通过洞口和天窗射入洞中，洞内湿气上蒸，顿时烟雾缭绕，恍若仙境云端。时而天窗边沿还有水珠飘洒下来，经过阳光折射，仿佛撒下千千万万个金币，因此又名"落钱洞"。

安全小提示

织金洞内空气较凉、潮气较重，游人最好穿长衫长裤。此外，洞内多为彩色装饰灯，光线不明，上下石阶时应注意安全，家长最好牵着孩子的手前进。如果孩子想与景物拍照，一定要观察好景物周围的地况，小心滑倒或掉进水潭里。

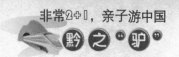

妙趣横生的讲经堂

大手牵小手，逍遥神奇游

　　讲经堂，长约200米，宽约50米，因洞内的岩溶堆积物如罗汉讲经而得名。在讲经堂的中间，其岩溶物高达20余米，底座有10余米宽，就像如来佛祖端坐在宝塔上。只见如来双手合十，传授经文。众多罗汉则齐集台前，手捧经卷，细心聆听。但也有人正心不在焉，东张西望，窃窃私语，还有的垂首欲睡，把游人带到了一幅妙趣横生的场景中。

　　在讲经堂底部有一个300平方米左右的水潭，中间的石拱桥把水潭一分为二，叫做"日月潭"。日月潭边的九根石柱，形如盘龙，直冲洞顶，这就是有名的"九龙撑天"。其中 "九龙"撑的"天"实际就是离地面高2米、宽7米的顶棚。织金洞以空间宏大而闻名于世，其他溶洞高、宽在40～100米，只有这里最低矮，手可以触摸到顶，所以又叫"摩天岭"。

塔林洞——金塔之城

大手牵小手，逍遥神奇游

　　塔林洞，又称"金塔城"。洞内有100余座钙化石塔，有的光滑至顶，有的层状耸立，塔身金黄，远观如"金塔之城"。

　　群塔又将塔林洞分为十一个厅堂，其间遍布石笋、石柱、石帷等。如"蘑菇潭"中潭水清澈，潭内有无数朵石蘑菇，其身影正随波浮动。洞中最有名的是两株相映的石松，一株高5米，呈标准等腰三角形，片状滴石附在主干上，即为其叶片。另一株高17米，从托盘中拔地而起，树冠上层如积雪，称为"雪压青松"，这两株松树均为洞中之国宝。

大手牵小手，逍遥神奇游

织金洞被誉为地下天宫，其中最华美的溶洞，莫过于天宫的"办公大厅"——凌霄殿。它高40余米，面积达5 000多平方米。

只见两壁垂下百尺石帘，俨然天宫的帷幕，尽显皇家风范。在帷帐四周，一尊尊洁白无瑕的仙官，济济一堂，毕恭毕敬地听候玉帝的差遣。

走在梅花形的石墩上，看水中荷叶田田，听仙乐飘飘，你是不是心想：这该不会就是王母娘娘的瑶池仙境吧，那三千年一届的蟠桃会，我们能赶上吗？帷帘上还有一尊白玉罗汉盘腿而坐，闭目养神，或许他也是来参加蟠桃会的吧！

凌霄殿，天宫『办公大厅』

广寒宫，洞冠天下

织金洞中规模最大的当属"广寒宫"，其总面积达 5 万多平方米。游人称"织金洞内，仅广寒宫便可称冠于天下洞府"。

在高旷的洞厅内，矗立着一座座十几米高的"山峰"。有的陡峭如削，有的连绵起伏，还有的枝繁叶茂。景区中央一株"梭椤树"拔地而起，"树"身上还有层层叠叠的石灵芝，因此又被称做"灵芝山"。

在洞内深处，有被誉为国宝的"银雨树"，这是一株极其罕见的开花状半透明乳白色结晶体，高17米，竖立在直径2米多的白玉盘中，晶莹剔透。

"霸王盔"是两支并靠的戟形石笋，长在一直径 3 米多的圆形堆积物上。可怜一代枭雄西楚霸王项羽竟沦落至躲到织金洞来，慌乱中跑掉了一只战靴，一根银鞭，最后扔掉了沉重的头盔。这一幕真是令人叫绝！

百里杜鹃，天然大花园

大手牵小手，逍遥神奇游

百里杜鹃是百里杜鹃国家森林公园的美称，它位于毕节金坡乡附近，与织金洞相隔不远。它是迄今为止中国面积最大的原生杜鹃林，在长约50千米的狭长丘陵上分布着马缨、鹅黄、百合青莲、紫玉等23个品种，总面积达125.8平方千米。因此，它一直被赞为"高原上的天然大花园"。

暮春三月，漫山的杜鹃花争相开放，千姿百态，铺山盖岭，五彩缤纷。这里的杜鹃花色多样，有鲜红、粉红、紫色、金黄、淡黄、雪白、淡白、淡绿等。最为难得的是一树不同花，即一棵树上可以开出不同颜色的花朵，最多的有7种不同颜色的花朵。

景区内除了美丽的杜鹃花，还有神奇的杜鹃鸟。只见两块十分奇特的岩石，耸立在路的右侧。两块岩石前端，像鸟的嘴壳，很亲近的对在一起，这就是"对嘴岩"的由来。

给孩子讲美丽传说

据说，从前在百里杜鹃花区有两个特别喜爱杜鹃花的姊妹，由于劳累过度，她们很早就死了。她们生前像杜鹃花一样美丽，死后也舍不得离开这片土地，就变成了一对机灵的杜鹃鸟，在杜鹃花里飞来飞去。她们一叫，杜鹃花就开了，由于整日鸣叫，它们终因啼血过多而死。

但是，她们依然眷恋着这片土地，又化成了形似杜鹃鸟的两块岩石。这就是今天著名的"对嘴岩"。

吃住行玩转大攻略

大嘴小嘴吃天下

● 宫保鸡丁

织金的宫保鸡丁由鸡丁、干辣椒、花生等炒制而成，其特点是鲜香细嫩，辣而不燥，略带甜酸味道。据说这道菜是由清末织金县人丁宝桢的家厨创制的。因为丁宝桢当时官位宫保，所以得名"宫保鸡丁"。

● 荞凉粉

荞凉粉是用甜荞子晒干去壳，磨成粉制作而成。食用时将荞凉粉划成细条或小菱形块放入盘中，再用小碗盛上独具风味的自制酱汁，淋在荞凉粉上或蘸着吃，美味爽口。

● 竹荪芙蓉汤

织金是"中国竹荪之乡"。竹荪是世界上最珍贵的食用菌之一，一直被誉为国宴名菜，甚至有外国友人称之为"软黄金"。竹荪芙蓉汤中的原料包括竹荪、香菇、冬笋、火腿、鸡蛋等，汤汁清香细腻，还有很好的滋补作用。

● "好吃佬"推荐

康家脆哨面

地址 毕节市公园路与南关桥交叉处。

推荐菜品 脆哨面等各种面条。

人均消费 5元/人。

石磨豆花菜根香

地址 清毕路32号。

推荐菜品 石磨豆花菜根香、土豆泥等。

人均消费 5元/人。

住宿信息大集锦

金叶宾馆
地址 织金县北大街路尽头。
设施 设施齐全。
价格 60元/床/双人标间。

鹏业酒店
地址 织金县玉屏街41号。
设施 环境干净，带空调，24小时太阳能热水供应。
价格 30元/床/双人标间。

交通资讯供给站

1. 从贵阳汽车总站坐班车前往织金，约4个小时。在离织金不远的三甲下车，然后乘三轮摩托去景点。如果人多可以包车，10元/人。

2. 也可从安顺、水城等地前往织金。从安顺汽车北站坐长途车，那里有一辆中巴去织金县。不过从织金到安顺的末班车18：00出发，要注意把握时间。

3. 如果是自驾游，可以走贵黄高速，然后在清镇下高速向织金方向行驶。

安全大通关

防寒防病：★★★★★　　跌倒摔伤：★★★★☆

小心溺水：★★★☆☆

亲子快乐小问号

1. "中国最美十大奇洞"之首是哪个溶洞？

2. "落钱洞"指的是什么？

3. 讲经堂内的罗汉都在专心听如来佛祖讲经吗？为什么？

4. 百里杜鹃真的有一百里吗？

南江大峡谷，

陶渊明第二故乡

给孩子的话

我国著名文学家陶渊明笔下有个世外桃源，那里山清水秀，一派和谐迷人的田园风光，令人神往。而贵州的南江大峡谷，其秀丽山水和陶渊明所描绘的世外桃源十分相似，被称为"陶渊明第二故乡"。

峡谷秘境梯子岩

大手牵小手，逍遥神奇游

　　南江大峡谷位于贵州省开阳县，其地层古老，河谷深切，是典型的喀斯特地貌景观。因为这里的河水发源于修文的南江，因此叫做"南江大峡谷"。峡谷内风光绮丽，分布着星罗棋布的瀑布、蜿蜒曲折的河道、茂密葱郁的植被，因此也被誉为"天然氧吧"。

　　走进大峡谷，首先看到的是四面被断崖绝壁包围的山间小盆地——"梯子岩"，虽然身处秘境，岩隙、岩缝里土壤瘠薄、干旱缺水，但环绕在悬崖上的树木依然青枝绿叶，生机盎然。远看就像是一片森林，近看才知道是植根于顽石上的千百棵树木，这就是有名的"石包树，树包石"的石上森林。如果是春暖花开的季节，河岸的桃花纷纷绽放，环绕在梯子岩南侧的断崖绝壁绵延数里，构成了一幅绝妙的桃花山水图。

　　梯子岩的民族风情园内，田园农舍相互辉映，晚上还有各色的民族风情舞蹈表演。登上苗家特色的吊脚楼，凭栏远望，只见四周的山岩如巍峨的城垣，守护着小小的村落。据说，村落以前只有一条危险的山路与外界相连，寨中百姓用树木搭建了一架天梯出入，如有人来犯，则把天梯放倒，"梯子岩"也因此得名。

给孩子讲美丽传说

　　据说，南江大峡谷是大禹治水造成的。天地初开时，洪水滔滔，大禹十分焦急，决计排洪治水以救黎民。他劈三峡，导长江，引黄河，使这两条横行肆虐的大江大河流入海洋。但百密一疏，在贵州这里因为大山环峙，洪水难泻。于是大禹赶来挥动开山锹，挖出一条导洪渠，入乌江，进长江，彻底消除了水患。

　　传说毕竟不是事实，地质学家告诉我们，100万年以前，这里曾是一个巨大的地下溶洞，洞内有各种各样的钟乳石、石笋。由于地壳剧烈运动，后来地下溶洞坍塌了，才形成大峡谷。

金钟瀑布，国内最大的钙华瀑布

大手牵小手，逍遥神奇游

南江峡谷全长40 000米，各种姿态的瀑布有40多条，最高落差达150余米。

其中最有名的莫过于"金钟瀑布"了，它是一座钙华瀑布，有30多米高，据说是国内最大的钙华瀑布。因为水中含有大量钙质，在水流中钙质渐渐沉淀下来，就形成了钙华，而水流从上面留下来，久而久之就形成了瀑布。

金钟瀑布真是一口名副其实的"大钟"，敲起来有"叮咚"的声音，就像敲在钟上面。最有意思的是，这个钙华瀑布的中间是空心的，游人可以从底下钻进去，然后从瀑布上面的洞口伸出头来。

在瀑布群间，一条木制栈道横空乍现，蜿蜒于峭壁两侧，空悬于河面之上，约有千米高，游人走上去还有些胆战心惊。这就是有名的"龙行栈道"，它仿佛一条巨龙踏浪飞腾，盘桓于峡谷之中。

除了金钟瀑布外，大峡谷内还有形神兼备的"象鼻瀑布"，看起来就和大象的鼻子差不多。而"奢香瀑布"落差竟然高达150米。在灰华瀑布附近，有一处"荧光岩"奇观。在夏季晴朗的夜晚，泛舟水面，会看到千万只萤火虫在岩壁边的空中穿梭飞舞，就像整块岩石在闪烁着荧光。

锣鼓冲，充满激情的"水上乐园"

大手牵小手，逍遥神奇游

锣鼓冲河段长5 200米，位于梯子岩下游。这里山势雄奇，悬崖上钟乳石密布，石上森林十分典型。这一段河流落差较大，河水跌宕，比较适合漂流、划艇比赛。景区设有竹筏、独木舟和摩托艇等水上运输工具，是一座充满激情的"水上乐园"。

这里还是国际标准的攀岩胜地，两岸的岩壁呈90°角，不少爱探险的勇士曾在这里大显身手。乘小游艇往下游去，就到了情人谷。那里怪石嵯峨，有许多洞穴和瀑布，其环境幽深宁静，水面水平如镜，的确是有情人幽会的意境。

给孩子讲美丽传说

传说很久以前，这里驻守着一位石将军。一天夜里敌人来犯，石将军双手持鼓槌，擂动着大鼓，奏出各种震耳欲聋的声音，使得天空时而狂风暴雨，时而阴云惨烈，终于把敌人逼向悬崖，赶出了寨子。从此以后这条大山沟在夜静更深之时便会传来锣鼓喧天的声音，"锣鼓冲"因此得名。当地老人说，如果有缘，石将军还会托梦给你，告诉你锣鼓退兵的故事呢！

吃住行玩转大攻略

大嘴小嘴吃天下

开阳土壤富含"生命元素、抗癌之王"的硒元素，因此各色美食总和"硒"联系在一起。

● 五香豆腐干

五香豆腐干是将制成的豆腐切成细条或长方形小块，经日光暴晒，除其浆味，然后用温水洗净入锅卤煮，放适当食盐、花椒、大料、茴香、桂皮等调料以慢火熬，待香味完全渗入即可。当地居民一般将五香豆腐干作为走亲访友的馈赠佳品。

住宿信息大集锦

布依山寨

地址 位于梯子岩。

设施 设施齐备，建筑风格仿布依族石板房。

价格 130元/标间。

安全大通关

⚠ 防寒防病： ★★★★★

⚠ 小心溺水： ★★★★☆

⚠ 防日直射： ★★★☆☆

交通资讯供给站

1.到达景区可以走贵阳或遵义两条线路，从这两地均有转往景区的车。

2.自驾车可以从贵阳乌当上贵开高速公路，39千米至景区，在南江出口下，即可到达。也可以从遵义方向，沿贵遵高速公路——贵阳绕城高速公路（新添寨出口下）——贵开二级高速公路直达景区。

亲子快乐小问号

1.梯子岩名字的来历？

2.国内最大的钙华瀑布是哪一个瀑布？

3.南江大峡谷中有一处水上乐园，是哪里呢？

4.开阳的土壤中富含硒元素，你知道"硒"对人体有什么好处吗？

龙宫，大自然的大奇迹

给孩子的话

  还记得《西游记》里东海龙王的龙宫吗？那里不仅有被孙悟空偷走的金箍棒，还有可爱的龟丞相、忠诚的虾兵蟹将们。不过贵州的龙宫和故事里的龙宫可不一样，它以美丽的溶洞、壮观的瀑布而闻名，更值得我们向往哦！

龙宫"三最"

大手牵小手，逍遥神奇游

　　龙宫，位于贵州安顺市南郊，与黄果树大瀑布风景区毗邻。因洞内瑰丽堂皇，气象万千，有如神话中的水晶宫殿，故名龙宫。它是一个以水溶洞群为主体，集旱溶洞、瀑布、峡谷、峰丛、绝壁、湖泊、溪河于一体的综合性景区，被誉为"大自然的大奇迹"。

　　龙宫"第一最"：龙宫是中国目前发现的最长的造型奇特的水上岩溶，是喀斯特地貌中的典型代表。龙宫水溶洞全长15 000余米，如今已探明的为5 000余米，贯穿了27座山头，五进五出，因此有"五进龙宫"的说法。乘一叶轻舟，畅游于龙宫洞内，两岸千姿百态的石钟乳幻化成亭台楼阁，令人晃晃悠悠，如在梦中。

　　龙宫"第二最"：这里有全国最高的洞中瀑布——龙门瀑布。龙门瀑布高38米，宽25米，是我国最大的岩溶洞穴瀑布。还未见其形，便能闻其声。从瀑布的下方桥上看去，高50余米、宽26米的洞窟中，瀑布从洞窟顶部月牙形的天窗喷涌而下，像一条愤怒的蛟龙，一跃而出，气势磅礴，有"天下第一龙门"的美称。

　　龙宫"第三最"：这里是全国天然辐射率最低的地方。据说这里对高血压之类的病有特殊疗效，在龙宫中呼吸富含大量负氧离子的空气，犹如徜徉在覆盖率高达90%的森林中。龙宫冬无严寒、夏无酷暑，在夏季也极少超过30℃。因此是洗肺养生的好地方。

安全小提示　　龙宫由于是水溶洞，游览方式以乘船为主。家长同孩子乘船时一定要注意避免嬉戏、打闹，以免溺水。到了夏天，洞内涨水，有些溶洞根本不能进去，尤其应注意安全。

龙宫"三谜"

大手牵小手，逍遥神奇游

　　龙宫"三谜"位于景区内的群芳谷。群芳谷是连接龙宫两大景区——中心区和漩塘区的一条狭长山谷，长2 000米左右。谷内遍植花草，植被茂盛，各种鲜花争奇斗艳，因此得名。

　　第一谜——药王谷。在山崖、岩缝、洞穴、溪畔、坡面共分布有178种植物，1 200余种药材，如杜仲、银杏、木槿、乌蕨等。因此群芳谷就是一座天然的大药园，俗称"药王谷"，相传是药王孙思邈的采药基地。贵州是中草药的王国，有全国80%以上的中草药品种，但在安顺这一条2千米长的山谷里却汇集了大部分的中草药品种，这不能不算是一个谜。

　　第二谜——壮士八段锦。在群芳谷半山腰上，有一处"万家洞"，洞内曾居住着历代万氏白族子孙，据传是战国时期孟子得意弟子万章的后裔。如今，洞内石壁上还刻有春秋时期的壁画"壮士八段锦"图。要知道八段锦是我国气功养生术，何以在数千年前的少数民族聚居地就有了强身保健的意识，这算是第二个谜。

　　第三谜——"水分二色"。群芳谷内有一水塘，每次天气变化，如久旱不雨或大雨转晴后，塘水也会发生变化。常常是一边清，一边浊，泾渭分明。这就是让人叹为奇观的"水分二色"。

龙宫"三绝"

大手牵小手，逍遥神奇游

龙宫"三绝"位于漩塘景区内。漩塘在龙宫的上游，塘面呈圆形，面积达1万平方米，通漩河的水流到这里便沉入地下，变为地下暗河。

第一绝——漩水。大家都知道神奇的百慕大三角洲，因为磁力的作用而形成漩涡，把过往的船只"吞"掉。在龙宫，也有一股旋转的水流，那就是漩塘。一年四季，漩塘的水不借风力，亘古不变地以顺时针方向自转，夹带水上绿色浮萍不停地旋转，因此得名"漩塘"。这就是我们常说的"山不转水转"，最快的时候，可以达到几分钟转一圈的速度。

第二绝——洞中佛堂。这里有中国最大的佛洞，四座佛殿达2万多平方米。这些佛殿最大的特点就是不用人工造屋，全是天然溶洞。其中观音殿内有国内最高的洞内观音像，洞外还有多处形似观音的钟乳石。山洞的外围有七座山峰分布均匀地环绕着，宛如七个花瓣，俗称莲花峰。

第三绝——短河。莲花峰脚下不仅有繁茂的翠竹，更有无数条短河环绕。两条短河从莲花峰下涌出却各随地势左右分流。一条叫如来溪，另一条叫百步源——是我国最短的天然河，仅190米长。从山里来，到山里去，这些短河都是龙宫暗湖的源头。

　　从前这里有户姓杨的老人家种葫芦，有一年只结了两个。一个有钱的外地人路过，看到漩塘里有宝物，就问那家人葫芦卖不卖，要一万元买一个，并且要老人家将葫芦再守100天。当外地人用马驮着铁链和钱来时，发现老人家只守了98天就把葫芦摘了。外地人很生气，然后用铁链拴了葫芦扔到漩塘里，一下子塘里的水就干了，塘里的宝物也不见了。后来漩塘的水就一直旋转，宝物也拿不出来。

　　事实上，漩塘的秘密是由于当地典型的喀斯特地貌所决定的。其底部是一个大而深的漏斗，漏斗底部的暗河和下游的水系连通，对漩塘里的水体产生了一股吸力。所以当水注入时，能产生一定的吸力，导致漩塘千万年来不停地旋转。

起伏跌宕的油菜花景

大手牵小手，逍遥神奇游

　　油菜花全国各地都有，但龙宫奇特的喀斯特地貌决定了其油菜花景也是"立体多层，起伏跌宕"。

　　欣赏油菜花的最佳地点是龙宫漩塘景区，每年3月这里都会举行油菜花节。到那时，漫山遍野都是金黄色的花海，最令人叫奇的是顺着地势的蜿蜒延伸，菜花也层层叠叠地铺垫下去，犹如每个山头都披上了一件金黄的挂毯，十分好看。

　　当然，除了油菜花外，还有桃花、梨花等也会在春风的吹拂下竞相开放，争奇斗艳，蔚为壮观。

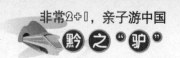
吃住行玩转大攻略

大嘴小嘴吃天下

● 肠旺面

是以新鲜猪大(肥)肠和猪血旺为主要配料，先将大肠用多种佐料以文火炖至适当，血旺稍烫，再选用本地特制湿面，加上各种配料即可。这样做出的肠旺面汤色鲜红，辣而不猛，味道浓香。

● 油炸鸡蛋糕

是当地人喜爱的特色小吃，选用优质米和大豆，浸泡后磨成浆，再盛入六角形的铁皮盒子，加入鲜肉馅，放入滚油锅中炸。其外脆里嫩，酥软相宜，肉馅鲜美。

● 桂花桐叶果

这是一道做工复杂的点心，馅心里包有核桃仁、引子炒香、摔茸等，用黑糯米、高粱、白糯米磨成的细粉，揉成面团，包入馅心，捏成椭圆形生坯，再用洗净刷过油的鲜桐子叶包好，蒸10分钟即成。吃起来质地软糯，香甜可口，还有浓郁的桐叶和桂花香味。

● "好吃佬" 推荐

龙苑山庄

地址 龙宫镇马头村白岩脚。

推荐菜品 杀猪饭、打糍粑等农家菜。

住宿信息大集锦

　　龙宫与黄果树大瀑布相距约45千米，因此有不少游人会选择在黄果树景区附近住宿。同时，龙宫风景区内也有住宿点。

龙宫宾馆

地址　位于龙宫风景区内。

设施　设施齐备，环境幽雅。

价格　50元/床/三人间。

交通资讯供给站

　　1. 游人一般会一起游览龙宫和黄果树大瀑布，在贵阳火车站和安顺火车站就有许多"黄果树、龙宫一日游"的旅游专线车，尽可选择。只选择游龙宫的话，也可以在汽车站门口坐小巴，10元/人。

　　2. 自驾车可从贵阳沿贵黄高速公路出发，约一个半小时即可到达。

安全大通关

　　防寒防病：★★★★★　　　　小心溺水：★★★★☆

亲子快乐小问号

1. "龙宫三最"是哪"三最"？

2. "龙宫三绝"指的是什么？

3. "药王谷"在哪里，你认识哪几种药材？

4. "水分二色"是怎么回事？

紫云格凸河，远古梦境

　　人人都会做美梦，梦中都会发生些什么呢？是自己变成了万能的机器人，还是会神奇法术的神仙？来到紫云格凸河，你就好像做了一个穿越时空的美梦，回到了神秘的远古时代……

燕王宫，举世无双大穿洞

紫云格凸河位于贵州省安顺市紫云县境内。"格凸"一词为苗语，意为"跳花圣地"。它集岩溶、山、水、洞、石组合之精髓，是一个充满了神秘与神奇的地方，被誉为最美的喀斯特"圣地"。 有人把黄果树大瀑布比作风情万种的少妇，而格凸河则是含羞待嫁的新娘。近年来，格凸河才慢慢地被游人揭开神秘的面纱。

沿着格凸河清澈的河水，游人坐船而下，只见洞壁陡峭如削，岩壁上下各有一个很大的溶洞，上面叫做"穿上洞"，穿通山体，可以看到洞外的天空。下面靠近水面的就是燕王宫了，也叫做燕子洞。 它是世界上最大最壮观的穿洞，高116米，宽25米，全长约12千米，呈天然拱门状，是一座千百年来在流水作用下形成的自然奇观。远远看去，燕王宫就像是一座深山里的凯旋门。

燕王宫内，游人常常可以欣赏到"蜘蛛人"徒手攀岩的精彩表演。在几乎与水面垂直的绝壁上，当地苗族人徒手向山洞顶端攀登，几分钟便能登上插有小红旗的岩顶。在整个攀登过程中，他们并没有采取任何保护措施，反而不时表演几招"倒挂金钟"等扣人心弦的动作，这是格凸苗族祖祖辈辈传承下来的攀岩绝活。

在紫云格凸河中部的悬崖上，存放着数十口棺木，这就是当地有名的悬棺。据说数千年前，当地苗族人们都是采用这种安葬方式。悬棺葬一般选择在峭壁凹进去的地方，凿孔插桩，把棺材放在上面。还有一种方法是在岩石中凿出一个洞穴，把棺材放在洞穴里。

为什么要进行悬棺葬？当地的苗族人民认为，悬棺葬一来可以防止仇人破坏老人的棺材，二是防止野兽的侵袭，三是便于长久保存，四是利于节约耕地。如今，这种悬棺葬早已成为历史，遗留的数十口棺木则成为景区的独特一景。

盲谷，世界最高古河道遗迹

大手牵小手，逍遥神奇游

　　盲谷在穿上洞北边约500米处，由四面石壁围成，它是古地下河发育变迁的遗址，由于早期地下河顶板崩塌后形成的。盲谷长约1千米，四壁是300多米高的绝壁，是世界最高的古河道遗迹。

　　盲谷四周皆山，谷内人迹罕至，反而是各种珍奇动、植物应有尽有，让人目不暇接。走进盲谷，宛若走进一个绿色的王国，整个谷上、谷下都被原始而古朴的古树蔓藤点缀着。

这里生长着一种特异的竹子——方竹，它看起来与普通竹子无异，但用手摸一下，则可以明显感觉到有棱，呈方形。这里还有世界残存的珍奇兰花——硬叶兜兰和带玉兜兰，不过它们大多"待在深闺人未识"，所以鲜少有人能识得其"庐山真面目"。

中洞苗寨，最后的穴居部落

大手牵小手，逍遥神奇游

在格凸河出口上方有上、中、下三个溶洞，中洞苗寨就在高高的中洞。中洞洞口高50米，宽100米，深200米，里面居住着18户苗族人家，居住的房屋都是用木柱竹篱建成的，并且都没有顶，直接以洞顶作屋顶了。

走进中洞人家，恍若时光倒流，回到了人类的穴居部落时代。洞中住着王、吴、梁、罗四姓苗族，每户房屋之间只简单用竹篱相隔，但是家家都有门牌号码。村民们大部分穿自己织布做的衣服，妇女的服饰只有简洁的两道花边。虽然生活很朴素，然而走进洞中人家，热情好客的苗家人就会送上自酿的包谷酒。假如你喝得躺倒，主人就会备觉脸上有光。

在接近洞底的地方，有一所"中洞小学"。学校里有小操场、篮球架等设施，每周还要举行升国旗的仪式。如今，为了孩子们的视力考虑，中洞小学已经搬到了洞外，留下空荡的原校舍向游人描述着曾经的故事。

吃住行玩转大攻略

大嘴小嘴吃天下

● 油炸麻石鲨

这是紫云当地的特色菜，将格凸河中的鲜鱼切成薄片，再油炸，看起来金黄香脆，吃起来鲜香四溢。

● 酸菜粉

初提起酸菜粉，不少人以为是东北菜，事实上，紫云的酸菜粉也是一流。先将瘦肉炒熟，再放入花椒、葱、姜、蒜等调料，加入酸菜，炒匀后加水，放入烫软的粉丝，开锅炖5分钟左右即可。

● 滚豆鸡

紫云人说的"滚豆"其实就是黄豆，最先是从紫云县一个叫做火花的乡镇传出的。制作时一边泡黄豆，一边杀鸡。接着用菜油炒鸡肉，炒到油干锅的时候，加水煮，待鸡肉煮到八成熟的时候，再把黄豆放里面，等水一开就起锅上桌。鸡肉用筷子一夹即开，而黄豆的味道更是比鸡肉还鲜。

● "好吃佬" 推荐

桃花源饭庄
地址　格凸河苗寨内。
推荐菜品　滚豆鸡、清炖鱼、糯米粑、煮南瓜等。

住宿信息大集锦

格凸河由于开发得较晚，所以旅店不多。一般选择在当地农家住宿，每个床位10元左右，但条件简陋，并且最好和衣而睡或者自备睡袋，因为可能会有蚊子和跳蚤。如果自己带帐篷的话，河边石滩或者中洞小学的操场也是宿营的好地方。

交通资讯供给站

1.贵阳、安顺均有客车到达紫云县，从紫云客车站乘坐到格凸河的面包车，交通比较方便。

2.如果是自驾游，可以走贵阳—清镇—安顺—紫云—格凸河这条路线，单边全程约250千米。途中大部分为新柏油路面，较为便利。

省钱小妙招

1.门票：格凸河的门票和船票在两天内都可以多次使用，所以千万不要丢掉。

2.车票：去燕王宫要坐船，从门口到码头约2千米路程，有电瓶车前往，11元/人。不赶时间的游人可以步行前往，还可以一路欣赏美景。

2.当地苗族人为什么要举行悬棺葬礼？

1."格凸"是什么意思？

3.中洞苗寨里面的村民住的是什么，穿的是什么？

荔波七孔，

地球腰带上的"绿宝石"

给孩子的话

  贵州的喀斯特地貌造就了许多的奇山异水，比如荔波的大小七孔。它们位于黔南边陲的十万大山之中，森林覆盖率为53.96%，所以被誉为"地球腰带上的'绿宝石'"。

大手牵小手，逍遥神奇游

小七孔位于荔波县城西南部30余千米的群峰之中，景区全长7千米，山水秀美精巧，因小七孔古桥而得名。小七孔一直被人们拿来与四川的九寨沟相比，更有"小九寨"的美誉。

小七孔内，有一处罕见的岩溶地貌水上森林区。河水从茂密的杂木林中和岩石间流过，森林里形形色色的珍奇树

小七孔，贵州『小九寨』

木全都植根于水中的顽石上，又透过顽石扎根于水底的河床。虽然树的根部已经枯死，而泡在水中的枝干却发了芽，并长出绿色的枝叶，远远望去宛如漂在水面上。

鸳鸯湖由两个大湖、四个小湖串联组成，因湖中有两棵并排的参天大树而得名。这两颗大树的根在水中，枝叶则在空中缠绕在一起。鸳鸯湖水深37米，水恒温在15℃左右，终年有双双对对的鸳鸯游弋于水面。湖的四周围绕着各色的植物，密密麻麻地包了好几层，游人荡舟湖上，顿时有一种与世隔绝的感觉，因此才有"下了鸳鸯湖，白发老翁变少年"的说法。

流经小七孔桥的河叫响水河。沿河逆流而上，在3千米的河段上有68级小瀑布，20多个水潭。层层叠叠的瀑布，哗啦啦地倾泻而下，构成一幅风情万种的动态水景，令游人目不暇接。纷纷扬扬的弥天水雾飘下来，还能用来清洗公路上的车辆，真是让人不得不佩服。

沿梯级瀑布而上，一路上但闻泉鸣瀑响、鸟啾虫吟，所以有文人墨客冠以"知音谷"的雅号。知音谷还是娃娃鱼的极乐世界，每到夜间，娃娃鱼们便从河里爬出，大概它们也想欣赏月光和瀑声吧！

给孩子讲美丽传说

据说以前荔波是没有小七孔桥的。当时有一名叫阿吉的瑶族小伙子，他的右手只有一个指头，但这个指头却能把坚硬的岩石捏成烂泥一般。看到乡亲们为涵碧潭潭水所阻，不能到对岸去赶场和耕种，阿吉和寨子里的七位姑娘便决心合力修建一座石桥。他们来到山下，阿吉用独指戳石头，姑娘们便用变软的石头捏砌成桥。他们一口气干了七七四十九天，终于堆捏成了一座七孔石桥，叫做小七孔桥。又因是由七位姑娘捏砌成的，所以它还有一个别称叫"七姑桥"。此桥看似单薄，但几百年来，它经过多次洪水冲击，却依然完好无损。

大七孔，东方凯旋门

　　大七孔位于荔波县西南部，距县城28千米。在景区内有一座大七孔桥，它是荔波县境内第一大石拱桥，高7米、宽4.5米、长35米，有七个桥孔。

　　景区以峡谷为奇。从大七孔桥溯流而上，迎面而来的是一道长长的"天神峡谷"。但见两岸峭壁耸立，绝壁上还"长"出朵朵钟乳石"花"，就像一幅自然的雕刻艺术品。更奇怪的是，游人在这里不能大声呼叫，要不然，绝壁上的大小石块发生共振，就会"沙沙"飞下来，容易伤人。当地百姓将这称之为天神恼怒，因此又叫做"恐怖峡"。

　　继续前行，可见一座横跨两岸的天然巨岩，这就是天生桥。它高60米，厚10多米，桥孔宽20多米，河水流过桥后，往下形成2米多高的大瀑布。因此，天生桥被专家们誉为"大自然神力所塑造的东方凯旋门"。仰观桥孔下，只见巨型钟乳悬挂，桥脚、桥侧的裂隙石缝里长满了绿草丛、灌木，藤萝花卉将桥身裹得严严实实，俨然一座天然的大彩桥。

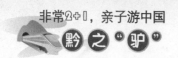
水春河29道峡谷畅游

大手牵小手，逍遥神奇游

　　水春河峡谷是小七孔风景区的一部分，全长6千米，也是荔波樟江风光最为秀丽的一段。水春河源起月亮山原始森林，向西流经荔波县城，以布依族古寨水春寨命名。景区内由险峰、峭壁、洞穴、沙滩、急流、缓滩、密林组成了29道独具一格的峡谷景观。

　　畅游水春河，就像是行进在一轴长达20多千米的丹青画卷上。河上游的清澈江水沿峡谷流淌，宁静而清幽，荡舟河中，有置身于"景在两岸走，人在画中游"的氛围里。河的下游却一改平静的形象，破浪击水，漂流而下，过急滩，穿长浪，橡皮舟在水春河的九滩十八浪中翻涌而下，有惊无险。因此，喜爱宁静的游人往往都在水春河上游荡舟观赏美景，而追求刺激的游人，则往往在下游冲浪、漂流。

吃住行玩转大攻略

大嘴小嘴吃天下

● 臭酸

臭酸又名丑酸，是荔波县最具特色的菜肴，距今有100多年的历史。臭酸的做法是先制"酵母"，即将荤腥鱼肉煮熟后冷却，然后盛入坛内，密封，一个多月以后即成，越陈越香。煮臭酸菜时，舀一小碗臭酸"酵母"，配一小锅荤菜同煮便成。臭酸菜微酸奇香，十分开胃，因而很受食客欢迎。

● 鱼包韭菜

鱼包韭菜是水族的传统佳肴。做法是先把鲤鱼沿背脊剖开，除去内杂，放进少量米酒、香葱、大蒜、生姜和食盐等佐料，再将韭菜、广菜填满鱼腹，用米草捆扎好，置大锅中清炖或清蒸5～10小时。"鱼包韭菜"骨酥脆，肉质细腻，鲜香可口，独具风味。

● 瑶老汉

在当地又称为酸肉，主要将猪肉与小米、花椒、盐、米酒搅拌放入坛内腌制而成，吃起来香喷喷、咸津津。

● "好吃佬"推荐

七孔桥农家菜

地址 荔波县漳江广场附近。

推荐菜品 清炒的水蕨苔、盐酸扣肉等农家菜。

住宿信息大集锦

景区门口有几家旅馆，荔波县城内也有许多旅馆，都比景区内旅馆便宜。不过要住在景点外的话，须先用门票在小七孔出口处进行登记，第二天进入景区时才不必重复购票。

信合宾馆

地址　荔波漳江园广场南面。

设施　设施齐备，正对着漳江广场，可以观看广场上的节目，带停车场。

价格　120元/双人标间，180元/三人间。

安全大通关

防寒防病：★★★★★　　防肌肉拉伤：★★★★☆

小心溺水：★★★★☆

交通资讯供给站

1. 可在贵阳火车站乘坐贵阳—麻尾的旅游专列，到麻尾火车站下车后，转汽车至小七孔景区。人多的话，可以考虑从荔波包车去小七孔景区，因为一路沿着樟江风光很美，包车可以停车拍照。景区内有公路直达各景点，旅游十分便利。

2. 如果是自驾车，可以走贵阳—龙里—贵定—马场平—都匀—独山—荔波路线，路上较为通畅。

亲子快乐小问号

1.被誉为"小九寨"的是哪个景点？

3.你喜欢在水春河漂流吗？它和别的漂流地有什么不同？

2."知音谷"是哪里？你对它感受最深的是什么？

赤水丹霞，

一抹诱惑的红

　　你见过很多种颜色的岩石吧，白色、灰色，或者黄色？那你见过红色岩石吗？赫赫有名的丹霞地貌就是这样的，它拥有大面积的红色砂岩，非常奇特壮观。

造化神奇，丹霞之冠

丹霞地貌是我国南方红色岩系发育的一种特殊地貌。由于长期的风化剥离和流水侵蚀，红色地层被割成一片片红色孤立的山和陡峭的奇岩怪石，也就是我们如今看到的丹霞地貌。在赤水市境内，有1 000多平方千米的丹霞地貌，赤水丹霞因此有"丹霞之冠"的称号。

赤水丹霞地貌中，"万年石伞"是比较典型的景点。它位于香溪口水库边的原始森林之中，由巨大的丹霞岩石经过漫长的年代风化形成，外观酷似一把宝伞。由于此伞形成的年代久远，于是就称它为"万年石伞"。伞顶圆周17米，石伞身高6.2米，伞把最细处周长约1.2米。最令人惊奇的是，这座头重脚轻的石伞，千百年来历经沧桑，却依然屹立不倒。

除此之外，还有许多丹霞景观的组合体，如罗汉石、点将石、海龟石，以及仙人洞、间歇泉、一线天等，让人不得不惊叹大自然造物的神奇。

金沙沟，奇异的桫椤王国

在赤水，有一块被科学家们称为"桫椤避难所"的神奇地方，它就是赤水葫市镇境内的金沙沟。金沙沟内有四万多株桫椤，其中还有双株并生桫椤及主干双叉、三叉等奇异株型，因此被科学界誉为"桫椤王国"。

桫椤，又名树蕨，是一种起源古老的冰川前孑遗植物，有"蕨类植物之王"的美誉。其植株高大，一般株高3～5米，最高的能达到10米。从外观上看，桫椤有些像椰子树，其树干为圆柱形，直立而挺拔，树顶上长着许多大而长的叶子。如果把它的叶片反转过来，背面可以看到许多星星点点的孢子囊群。桫椤是没有花的，也不结果，靠孢子来繁衍后代。桫椤曾经和恐龙同生共荣，都是生物界在远古时代地球上的标志。如今，它仅在一些低纬度的适宜生态环境里残存，被国家确定为一级珍稀濒危保护植物。

除了形态各异的桫椤外，金沙沟还有20多种竹类植物，其品种占贵州省的三分之一。只见竹林如海，叠翠连云，万竿参天，蔚为壮观。

85

十丈洞，烟雨蒙蒙瀑布群

大手牵小手，逍遥神奇游

　　赤水市内瀑布众多，其中宽度在3米以上的瀑布有4 000多条，是国内名副其实的"千瀑之市"。这些大大小小的瀑布中，最有名的当属十丈洞大瀑布群。

　　十丈洞大瀑布群，位于赤水风溪河上游，瀑布高76米、宽80米，被专家学者誉为"神州又一瀑布奇观"。论规模、气势，它都可与黄果树大瀑布相媲美。走近十丈洞，轰鸣如雷的瀑流声震彻山谷，水雾扑面而来，烟雨蒙蒙。阳光照射之下，雨雾中呈现五彩缤纷的彩虹，偶尔还能看到奇妙的"佛光环"——如同佛祖身后的光晕一样。这些光晕随着行人的身影移动，让人感到仿佛也步入了仙境。

　　十丈洞旁就是精妙绝伦的燕子岩瀑布，因其旁边巨大岩穴中有近千只燕子栖息垒窝而得名。瀑布高87.3米，宽50米。在观瀑台上观望，只见银色的瀑布从天而降，水雾弥漫，好似银白的绢纱，又像仙女的霞衣。在瀑布积水处，还有一形如书本的巨石，人称"天书石"。

给孩子讲美丽传说

相传唐僧师徒四人在西天取经回来的路上路过燕子岩瀑布上空，猪八戒突然看见瀑布下面有一美女沐浴。猪八戒忘形地探下头，孙悟空见状便大叫："八戒，你要干啥？"猪八戒回过神来，显得不好意思，便大叫一声："师兄，你的花果山水帘洞到了！"

孙悟空一惊，忙降下云头来看，也被这美丽的景色惊呆了。片刻之后，孙悟空发现这不是水帘洞，而是燕子岩，便同猪八戒吵了起来。沙僧听闻后，赶忙跑来劝架，情急中将随身携带的经书抖落下来，刚好落在瀑布下。这时女子突然不见了，经书却化作一块石头永远地留了下来。

安全小提示

由于跋山涉水，一定要穿舒适好走路的鞋子，否则只能在山下仰望燕子岩，想象十丈洞瀑布的壮观。由于树林多，蚊虫也多，要带些预防蚊虫叮咬的药物。

吃住行玩转大攻略

● 熊猫宴

这里可不是说要吃熊猫，而是熊猫爱吃的食物——竹子。赤水盛产竹子，用竹笋系列、竹荪、竹鼹、竹鸡、竹燕窝、玉兰片等竹类食品精心烹饪，调制成系列美味佳肴，可达成百上千种。

● "好吃佬" 推荐

赤水情酒家
地址 赤水市南明区新华路6号。
推荐菜品 竹笋火锅、竹笋排骨、口水鸡等。
人均消费 30元/人。

一般可选择在威宁县城内居住，也可以在附近的农家过夜，不过环境要差些。到了夏天，还可以在草海户外露营。

亲子快乐小问号

1. "丹霞" 是什么意思？

2. "桫椤" 是一种什么植物，你能描述它的样子吗？

3. 为什么赤水要被称为"千瀑之市"？

草海， 历史最悠久的自然湖泊

给孩子的话

　　你见过大海吗，那一望无际的蓝，还有清新的海风，是不是让你心旷神怡呢？不过草海你可不一定见过，贵州的草海可真是草的"海洋"，更是鸟儿的"国度"，想去看看吗？

草之海，鸟之国

大手牵小手，逍遥神奇游

　　草海，又名南海子、八仙海，位于威宁县内，海拔2 170米。它是贵州最大的淡水天然湖，蓄水量达1亿多立方米。草海也是历史最悠久的自然湖泊，距今有超过20万年的历史。诺贝尔文学奖获得者高行健曾在其小说《灵山》中用了2万字来描述草海的美。

　　草海以草闻名，水中草本植物繁多，尤以蒲草最盛。一到暮春时节，草海周围开放着大面积千姿百态的杜鹃花。秋天的草海更美，碧水中开出了一朵朵、一串串、一片片的花儿，五颜六色，煞是可爱。

　　船行其中，游人才感受到草海的水之浅，有草长出的地方约莫只有1米深。湖水很清澈，因为水下全是草，可以说是清澈见草。在草海上行船有点讲究，一是船的形状呈窄长，这有利于减少与草的摩擦；其次，划船的工具是竹竿，一竿到底，小船便轻盈如飞了。如果是机动船或者用桨都不行，容易被水草绊住。

　　草海属于大型浅水湖，湖底生长着120多种水生高等植物，这为40多种鱼类提供了充足的食物，因此，草海也是鱼类的王国。其中最著名的是"草海细黄鱼"，其成年后体长不超过5厘米。

草海中大量的鱼、虾、蚌、螺及浮游水生物是鸟儿的最爱，这里也成了候鸟的栖居地，栖息着100多种珍奇水鸟。黑颈鹤是其中最有名的一种，也是世界上唯一生长、繁殖在高原的鹤，属于国家保护动物。

给孩子讲美丽传说

相传，草海原来是一片无垠的高原凹地，有一年旱灾发生，庄稼颗粒无收。为了乞求"龙王"降雨救活一方百姓，全城百姓都到草海边的庙宇前伏跪七天七夜，百姓的泪水汇成小溪流入草海，场面惨烈悲壮。

当时因违反天条被处罚囚禁于草海旁庙宇中的 "小白龙"被百姓的真诚感动，它挣脱枷锁，腾飞上天，普降甘霖，救活了威宁的百姓，今天的草海就是"小白龙"栖息的家园。

虽说传说不可信，但云贵高原上这颗明珠——草海，真的对当地气候有很好的调节作用，所以被当做守护威宁的神。

吃住行玩转大攻略

大嘴小嘴吃天下

威宁有三大特产：玉米、荞麦、土豆，全是价格低廉的农作物，但滋味却让人难忘。有名的"土豆宴"全是由土豆制成，如炸土豆、酸菜土豆、红烧土豆、土豆丝、土豆蒸饭等，真是别有风味。

● 鱼包虾

鱼包虾是威宁的地道美食，选用草海的特产——细黄鱼。据说是先将鱼饿一段时间，然后喂以小虾，待虾进入鱼肚子后，再将其烹制。因此每条鱼肚子里面都有一只完整的小虾，吃起来酥中带脆，回味无穷。

交通资讯供给站

1. 可乘火车到贵昆线上的六盘水下车，转乘往威宁方向的长途班车即可，也可以直接从贵阳坐汽车到威宁。

2. 自驾车可以从贵阳出发，经贵黄高速公路到六枝，而后经水城，过梅花山到威宁。

住宿信息大集锦

一般可选择在威宁县城内住宿，也可以在附近的农家过夜，不过环境要差些。到了夏天，可以在草海户外露营。

安全大通关

⚠ 防寒防病：★★★★★

⚠ 高原反应：★★★★☆

⚠ 小心溺水：★★★☆☆

亲子快乐小问号

1.草海是海吗？

2.除了水草，草海中还有什么让你记忆深刻的？

第三章

多彩村寨，

民族风情游

天龙屯堡，
最后的明代古村

给孩子的话

　　你了解我国明代历史吗？从很多电视剧里，我们知道了明代皇帝朱元璋、皇后马大脚的许多故事，不过要想知道真实的明代历史，一定要去贵州的天龙屯堡看看哦，因为这里才是如假包换的明代古村。

屯堡，独特的大明遗风

大手牵小手，逍遥风情游

天龙屯堡古镇位于贵州省西部平坝县，是保存得最完整的古屯堡之一。600多年来，当地人过着与世隔绝的生活，坚持着世代传承的明朝文化和生活习俗，形成了独具特色的"屯堡文化"。

屯堡源于明代初期，当时，朱元璋派30万大军进攻西南，消灭了元朝残余势力，并把军队留在云贵地区，又下令将留守者的父母、妻子、儿女全部送到戍地。在当地，军队的驻防地称为"屯"，移民的居住地称为"堡"，这便是带有军事性质的村寨——屯堡的由来。他们的后裔就叫做"屯堡人"，是不折不扣的汉人。

古镇目前有1 000余户人家，以陈、郑、张、沈四大姓为主。当地人甚少与外界少数民族通婚，始终保持着淳朴的古村风情。

屯堡民居，石头建筑的绝唱

大手牵小手，逍遥风情游

屯堡民居最大的特点之一是石头：一户民宅就是一座石头城堡，一个村庄就是一座纯粹的石头城。屯堡人把石头工艺发挥到了极致，有人曾经这样形容屯堡民居："石头的瓦盖石头的房，石头的街面石头的墙；石头的碾子石头的磨，石头的碓子石头的缸。"游人从高处向房顶看去，只见白白的一片，错落有致。

屯堡民居一般是四合院，与江南四合院有类似之处，但不同的是全封闭的格局。一般来说，民居分朝门、正房、厢房三个部分。朝门是雄伟的大"八"字形，两边巨石对垒，支撑着精雕的门头，门头上雕有各色花样的图案。正房高大雄伟，在木制的窗棂、门上也雕刻着象征吉祥如意的图案。厢房紧依正房两边而建，前面为倒座，形成四合；中间为天井，天井是用一尺厚的石头拼成的，四周有雕刻着"古老钱"的水漏。

这种民居还带有强烈的军事色彩。如靠巷子的墙体很厚，留小窗，这样既可以采光，又可作枪眼和瞭望口。低矮的石门，则让当地居民有一夫当关、万夫莫开的本事。现在屯堡村寨中，仍残存着许多垛口、炮台，这一切都是战争留下的深刻烙印。

村寨内部巷巷连通，纵横交错。战争时期，敌人一旦进入巷中，就像进入迷宫，关上巷门，就如关门打狗一般。因此，游人观光时，导游都会提醒要跟紧队伍，以防迷路。

奇特的服饰文化

大手牵小手，逍遥风情游

服饰是一个民族的重要标志，也是它区别于其他民族的特点之一。在屯堡，男性服饰多为青、兰、白色，以短对襟和大襟长衫为主，对襟短衫从中系扣，扣为布条缝制的布扣，一般为5～7个，前襟下摆有两个明布袋。

屯堡与汉族服饰的区别主要表现在妇女身上，当地妇女的服饰特点归纳起来就是：头上一个罩罩——梳着发髻用一个罩罩住；耳朵两个吊吊——带银耳环；腰上一个扫扫——腰带是她男朋友亲手用999条丝线编织的；脚上两个翘翘——绣花鞋头往上翘。

具体而言，屯堡妇女的装束通常是宽衣大袖，衣袍长及膝下。其领口、袖口、前襟的边缘都绣有精致的花纹，腰间以织锦丝带系扎，这都是沿袭的明朝风俗，也被称为"凤阳汉装"。未婚的少女一般会梳长辫，而已婚的妇女则会将长发挽成圆髻用网罩挽于脑后，圆髻上插有玉簪、银链等首饰。

戏剧活化石——地戏

在屯堡人至今保留的传统文化中，地戏是最受欢迎，也是最为重要的一种，它被誉为屯堡寨的"戏剧活化石"。地戏是一种头戴面具、身着彩裙在锣鼓声中起舞打斗的戏剧演出。由于它的演出地点不是舞台，而是在寨中空坝或山前坡地露天演出，故被称之为"地戏"，也有人称之为"跳地戏"或"跳神"。

地戏表演者一般身着青、蓝、白、褐土布斜襟长衫，穿布鞋，背扎旌旗，右手持刀、剑等十八般兵器。男将左手持折扇，女将左手则持手帕，并且一律面蒙黑纱，头顶戴面具。因为观众是站在四边高处观看，这样戴面具既便于呼吸，又不影响演员的视线。地戏的伴奏是打击乐器，一张皮鼓、一面铜锣，屯堡人充满激情地敲打着。表演形式以说唱为主，伴之以舞蹈。伴随着表演者头部不时的夸张摆动，使麻木的面具似乎也变得灵活起来，展现给人们一个个鲜活的形象。

吃住行玩转大攻略

● 旧州鸡辣子

据说鸡辣子原是明太祖调北征南时随军携带的食品，至今已有600余年的历史，是屯堡人各种宴席中的上乘佳肴。制作的原料包括地方土鸡、红辣椒、食盐、花椒、甜酒粮液等，做出来的成品色彩鲜红、光亮，气味芳香可口。

● 粑粑辣子

它是屯堡人用本地上等的糯米磨成米面，加入佐料，再将当地特产青辣椒加工，与之调在一起，最后用文火蒸熟，摊晒而成。这样既便于携带，又别具口味。食用时用菜油将其炸得金黄，让人垂涎三尺。

古镇内有很多设施都是免费的，比如走累了可以坐下来免费饮碗清茶、观看免费的地戏表演、免费穿地戏服装拍照等。如果是居住在当地农家，还可以免费品尝当地特色美食。

亲子快乐小问号

1.屯堡民居都是用石头做的，这样做有什么好处？

2.被誉为"戏剧活化石"的是什么？

肇兴侗寨，

迷人的千家肇洞

　　我国有55个少数民族，你知道其中最能歌善舞的是哪个民族吗？答案是侗族。在贵州的黎平县，有我国最大最古老的侗族村寨，要感受侗家风情，就一定要来看一看。

肇兴侗家吊脚楼

大手牵小手，逍遥风情游

肇兴侗寨，位于贵州省黔东南苗族侗族自治州黎平县，是黔东南最大的侗族村寨之一。它占地18万平方米，居民800余户，4 000多人，素有"千家肇洞"之称。

肇兴侗寨四面环山，寨子建于山中盆地。这里的民居多半是两到三层的吊脚楼，楼下放着石堆、柴草、杂物，饲养牲畜，楼上住人。楼上前半部分是走廊，宽敞明亮，平时大家在这里休息，姑娘在这里刺绣；后半部分才是火塘，侗家人在这里取暖、做饭。第三层则是主人的卧室。

肇兴侗家的服饰较为精美，衣襟和袖口都镶有精致的绣花，这源于心灵手巧的侗家姑娘。她们几乎每个人都会刺绣，就连脚上的鞋子也是绣满了精美图案的翘头花鞋。刺绣的图案有许多种，不仅有龙凤山水、花草树木，还有太阳、雷电、桥梁、谷种等。侗家人认为穿这些图案的衣服可以驱邪避害、祈求平安，能够得到神灵的庇佑。侗族服饰的原料也是全手工的，是侗家姑娘纺织的土布，经过染、晾、捶等手工，布匹变得黑里透红，闪闪发亮。侗家人就用这种布做成衣服，一直穿，一辈子不洗，穿到不想穿为止。

侗族三宝之鼓楼

大手牵小手，逍遥风情游

鼓楼，在侗族里面叫做"堂瓦"，是公共场所的意思。肇兴以鼓楼群最为著名，其鼓楼在全国侗寨中绝无仅有，被誉为"鼓楼之乡"。

侗乡村寨都有鼓楼，大的村寨还有三四座。一般来说，是一个姓氏一座鼓楼，寨子里有几族姓，就建几座鼓楼。肇兴侗寨全为陆姓侗族，分为五大房族，分居五个自然片区，当地称之为"团"。因此肇兴侗寨又分为仁团、义团、礼团、智团、信团五团，共有五座鼓楼。

这些鼓楼外观富丽堂皇，雄伟壮观。低的有三五层，高的达十余层。它是一种纯木结构，不用一铁一钉，用四根粗大的木柱作支撑，旁边有许多小柱子，整个鼓楼就建在这些柱子上。鼓楼有四角、六角、八角等形式，像宝塔又似楼阁。楼檐下的还绘有龙、凤、鱼、鸟、葫芦、花草等多种图案，十分精美壮观。在鼓楼的最顶层有一面大皮鼓，遇到重大事情的时候，寨老会击鼓召集大家商议。

鼓楼是侗寨标志性的建筑，是侗族人娱乐、议事的公共场所，也是侗寨团结、吉祥的象征。

侗族三宝之大歌

大手牵小手，逍遥风情游

"汉人有字传书本，侗族无字传歌声；祖辈传唱到父辈，父辈传唱到儿孙。"

这首歌谣很清楚地指明了侗族文化的精髓在于大歌。侗家人将大歌称为"嘎老"，"嘎"就是歌，"老"指宏大、古老，意思就是说侗家大歌是人多、声多、古老的歌谣。

在侗家，人人都会唱歌，侗族姑娘从小就开始学唱歌。在盛大的芦笙会上，姑娘和小伙们相互对歌，唱得越好越受欢迎。侗家人认为歌就是知识，谁掌握的歌多，谁就是有知识的人。在侗族，歌师被认为是最有知识的人，最受大家的尊重。

演唱侗家大歌时，必须由三人以上来演唱。多是每段先由领唱者唱一两句，而后人人随声合唱。其歌曲调悠扬、清脆动听，不需要指挥也不需要伴奏，高高低低的歌声融为一体，仿佛天籁之音。大歌创作的源泉很多，如鸟叫虫鸣、高山流水等一切大自然之音都被当地人民化为动听的乐章。

侗族三宝之花桥

大手牵小手，逍遥风情游

　　侗家人喜欢住在有水的地方，有河就有桥，侗族人的桥，可以遮风挡雨，所以叫"风雨桥"；同时它也是热恋男女对歌的好地方，因此也叫"花桥"。花桥是侗族人民引以为豪的民族建筑物。

　　位于黎平县地坪乡的花桥，横跨在美丽的南江河上，桥身长约70米，宽约4米，距水面高8米。桥梁由巨大的石墩、木结构的桥身、长廊和亭阁组合而成。除石墩外，全部为木结构，桥身巨木为梁。

　　桥上建有三座桥楼，横廊顶脊上装饰有泥塑鸳鸯、凤凰等。廊内两侧则绘有侗族风俗画和花鸟山水画，形象生动。桥的柱头上挂着一捆捆由热心的侗族妇女扎制的草鞋，为行人提供方便。隆冬季节，寨里的人还轮流挑柴来生火，供行人歇息时取暖。走在花桥上，桥上是油漆斑驳的桥廊和美轮美奂的民俗画，桥下是美丽的侗家姑娘在洗衣浣纱，你是否会觉得回到了陶渊明笔下的世外桃源呢？

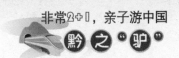
行歌坐月，奇特的侗族婚俗

大手牵小手，逍遥风情游

　　侗族的婚俗十分有趣，小伙子十七八岁就可以谈恋爱了，他们会走村串寨去"行歌坐月"，也叫"捞姑娘"。"行歌坐月"一般发生在农闲季节，小伙子到姑娘家去与姑娘对歌交友。夜幕降临了，寨子里的小伙拿着自制的牛腿琴、琵琶等乐器，伴着月色，一面拉着琴弦，一面哼唱邀约歌唱，从喜爱的姑娘的吊楼下走过。

　　对歌时，小伙子弹琴，姑娘仍在做手中活，但她们都在仔细听，并且心中在想以什么歌来答最好。在不同的季节要唱不同的歌，在问答式的对唱中，最容易看出谁懂得的事理多，见识广。琴声、歌声拨动了姑娘的心弦，她们会放下手中的针线活，推开窗子往吊脚楼下窥视。如果是自己中意的人，就打手势，示意他可进楼。如果是自己不喜欢或不认识的人来邀约，她们就急忙将窗户关起来不去搭理。

　　"行歌坐月"爹妈是不阻拦的，因为他们觉得儿女谈情说爱是有人看得起，脸上有光彩。如果两情相悦，两个人会相约在一个有月亮的晚上"相拐"——即小伙子把姑娘悄悄娶回家。如果姑娘家里看不起小伙子家，就会把姑娘给"抢"回去。可是姑娘的心是抢不回来的，她会悄悄地再溜回去。父母会再来抢，姑娘再回去。一直到父母同意为止。

吃住行玩转大攻略

大嘴小嘴吃天下

● 禾花鱼

侗族喜欢在水田里放养鲤鱼。秋收时，靠吃禾米长大的鲤鱼便叫做禾花鱼。禾花鱼肉嫩味鲜，是鱼类中的极品。将活蹦乱跳的禾花鱼用竹签串起，放在火炭上慢慢烘烤，待鱼皮有些焦黄，即可加些佐料，然后食用。

● "好吃佬"推荐

阿美餐馆

地址　黔东黎平县肇兴侗寨。

推荐菜品　干巴牛肉、土鸡汤、牛瘪汤等。

人均消费　30元/人。

交通资讯供给站

没有直接到肇兴的车，所以都是先坐车到黎平，然后乘坐到肇兴的中巴。也可以在黎平乘坐到地坪、三江的车，在肇兴下车即可。

住宿信息大集锦

九头鸟客栈

地址　肇兴仁团鼓楼旁(肇兴宾馆贵宾部对面)。

设施　1楼是休闲吧，配有茶、酒水、餐饮等服务，可免费上网，2~4楼是客栈，有高、中、低档客房。还可提供自助洗衣、包车等服务。

价格　100元/人。

亲子快乐小问号

1.你现在知道最能歌善舞的少数民族是哪个吗？

2.肇兴侗寨一共有几座鼓楼，为什么？

3."嘎老"是什么意思？

4."行歌坐月"指的是什么？

中国苗都，

西江千户苗寨

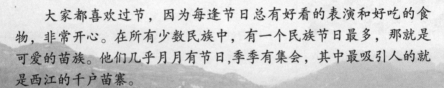

给孩子的话

　　大家都喜欢过节，因为每逢节日总有好看的表演和好吃的食物，非常开心。在所有少数民族中，有一个民族节日最多，那就是可爱的苗族。他们几乎月月有节日,季季有集会，其中最吸引人的就是西江的千户苗寨。

千家苗寨古风韵

大手牵小手，逍遥风情游

　　西江，在苗语里面为"鸡讲"，意思是苗族西氏支系居住的地方。西江苗寨位于贵州凯里市的东南边，距离雷山县东北36千米处。聚居在西江的苗家有1 000多户，人口逾6 000人，是名副其实的千户寨，也是中国最大的苗寨。苗族人提起西江，都不无尊敬地称其为"西江大寨"。

　　游人来到西江，首先感到惊讶的都是其规模巨大、气势恢宏的建筑群。与其说这是个村寨，不如说是一片森林，一片由吊脚木楼组成的森林。自山顶直铺到山脚，密密麻麻的吊脚楼将整座山都包裹起来，也被国内外建筑专家称为民族建筑的"露天博物馆"。 这里的房屋大多是用枫木搭成的，依山势向两边展开，暗红色的枫木板墙壁在夕阳的照射下一片金黄。等到傍晚时分，寨子里炊烟四起，汇集在半空中如云如雾，那场景，就更加难以形容。而到了夜晚，伴着星星点点的霓虹，夜色中的吊脚楼更加撩人。

　　不同地方苗寨的服饰大不相同，西江苗寨的上装被称做"乌摆"，在其衣袖、衣边及背上均绣着龙、虎、羊等动物图案，沿托肩镶长方形花草图案，袖口宽大，为无扣交叉大领衣。同时，袖、肩部位还点缀着各种图案的银花片，配以银项圈、银镯等。下身穿着的百褶裙，外面还罩有24条红底花飘带，上面绣有花、鸟、鱼、蚌、蛙、龙、凤等图案。这些做工精细、花色考究的苗绣既记录了历史，也成就了艺术，被赞誉为"穿在身上的无字史书"。

苗家银饰，白色图腾

大手牵小手，逍遥风情游

　　苗族的银饰，堪称中国民族文化之一绝，它与苗家吊脚楼、苗族古歌一起被誉为世界非物质遗产。在西江千户苗寨，几乎每家每户都有银饰收藏，他们认为银饰可以避邪、去毒，防止瘟疫。即使在最僻远的地区，女子在出嫁时也能戴一套银饰。

　　在日常的装扮中，西江苗女必然会佩有银饰——头戴银簪、银梳、三五束银花、数朵垫头巾的银花牌、两朵银花鬓夹以及银耳环等。到了盛大的节日，姑娘们佩戴银冠、银角和银凤雀等头饰，各种银饰零零碎碎约60种，连小姑娘都头戴华丽的银冠。行走时，银花颤动，姑娘们有如风中游花，叮当作响。

　　对于西江的男子们而言，除了修建吊脚楼外，还有一门必学的绝活，那就是打造银饰。他们的铸银技艺是世代相传而来，很多孩子从小就跟随父辈学习打银，不到成年就已成了手艺精湛的银匠。其中大沟乡的控拜村，是中国苗乡闻名的银匠村。西江人做出的银饰不但细腻、耐看，而且人物、动物、花鸟等图案十分生动传神，浮雕纹样立体感强，又不见刀痕锉迹，打造技术可谓出神入化。

吃住行玩转大攻略

大嘴小嘴吃天下

● 鱼冻

　　西江苗家的稻田里都养有鲤鱼，每到冬天，村民们除了做酸汤鱼外还喜欢做鱼冻。制作时将新鲜的活鱼剖开取出肠、胆，与煮熟的半碗黄豆一起放入锅中，放上适量的姜粒和盐。煮熟后，撒上少许葱花即加盖不动了。次日鱼冻已成，加上花椒面和干辣椒面轻轻拌匀，十分爽口。

● "好吃佬"推荐

西江饭店

地址 西江镇千户苗寨芦笙场侧(近博物馆)。

推荐菜品 酸汤鱼、自制魔芋。

人均消费 40元/人。

住宿信息大集锦

李老师客栈

地址 雷山的半山腰。

设施 木头房子，公共卫生间，包三餐，可以欣赏到西江全景。

价格 40元/人。

交通资讯供给站

　　要到达西江，一般先坐车到凯里，在凯里有直接到西江的班车。也可以先到雷山，然后坐中巴到西江镇。

亲子快乐小问号？

1. 为什么说西江民居可称为"建筑博物馆"？

2. 你见到了哪些银饰呢？

3. 为什么西江苗家人喜欢银饰？

音寨，

中华布依第一寨

给孩子的话

　　贵州有许多少数民族，除了苗族之外，人数最多的就是布依族了。它不仅有享誉全球的蜡染工艺，还是最美丽悠闲的"金银之乡"呢！

最美丽田园布依村

大手牵小手，逍遥风情游

在贵定县盘江镇南面，有一个布依族村寨群落，由11个寨子组成。其中最有名的当属"中华布依第一寨"——音寨。它是一个有着600多年历史的布依族村寨，依山靠水，因其秀丽的田园风光吸引了中外的游者。

音寨背后是郁郁葱葱的观音山，因此以"音"字为名，即为"音寨"，当地布依语叫"戛西"。观音山上，林木植被保存得很好。其中有被誉为"植物活化石"的银杏树，高大的树冠似乎想为音寨撑起一把遮阳的伞。还有历经岁月的古柏，枝繁叶茂，盘曲苍虬。

流经音寨的瓮城河不仅河面宽阔，水流舒缓，并且水质良好，是纯天然的纯净水。河上有座鸳鸯岛，小巧玲珑。岛上生有几十颗参天大树。瓮城河水绕岛而过，就像一个"天然游泳池"。

设计野趣大行动

大家都知道簸箕是一种竹篾编成的器具，用来盛东西或者簸扬粮食。在布依族村落里，簸箕却常常被当做画画的工具，簸箕画是布依族经典的工艺品。

小·贴士

簸箕豆画制作方法

工具材料：新簸箕、白豆、黄豆、黑豆、绿豆、赤豆、粘连剂、颜料、镊子、毛笔。

制作方法：

1.用毛笔蘸上颜料，在簸箕底部开始作画，注意用粗线条描画。

2.用镊子夹着各色豆子，粘上粘连剂，一粒一粒地沾到簸箕上。

3.根据图案的需要，选用不同颜色的豆子。带全部粘完后，簸箕豆画就成功了。

"金海雪山" 奇景

大手牵小手，逍遥风情游

音寨又被誉为"金银之乡"，其中"金"指的是金黄的油菜花，"银"则是雪白的李子花。因为盛产酥李，音寨家家户户都会在自己的房前屋后种植李树。每到春分时节，远山近峦，漫山遍野到处绽开雪白纯洁的李花，这就是远近闻名的盘江"酥李之花"。而在音寨河两岸，万亩田坝里正盛开着金黄的油菜花，在阳光的照耀下格外夺目。李花与油菜花映在一起，白色、黄色交相辉映，明艳动人，构织成了"金海雪山"的奇景。此外，山间还有点点粉红色的桃花，以翠绿色的树丛打底，绚烂的色彩，绝佳的景致，让人仿佛走进了一幅水墨画——"青山绿水鸳鸯鸟，翠柏银杏布依家"。

到了"金海雪山"的季节，寨子里的村民们也不会闲着，家家户户搞起了"农家乐"，招待远道而来的客人。在河边的小舞台上，姑娘小伙们换上刺绣精美的民族盛装，唱着布依民歌，让游人陶冶在醉人的田园风光里。

安全小提示　音寨的"金海雪山"确实迷人，许多人都会情不自禁地走进其中留下纪念，但如果是对花粉过敏的游人，最好还是远观为佳。并且花海中蜜蜂、黄蜂等昆虫也较多，孩子应小心被蛰到。

吃住行玩转大攻略

大嘴小嘴吃天下

● 盘江狗肉

贵定人爱吃狗肉，火锅内加原汤、狗肉片、薄荷（狗肉香）即可开涮。

● 贵定米粉

贵定米粉以当地自产的米粉为原料，配上酱红的肉丁、碧绿的香葱和香菜，使人胃口大开，吃起来更是质感十足，香滑可口。

住宿信息大集锦

可以在音寨农家住宿，体验一下布依族农家的当地风情。价格也较便宜，一般人均10～20元不等。

交通资讯供给站

从贵阳出发，先坐车到贵定，然后从贵定到盘江镇。因为山路崎岖，从盘江到音寨最好步行，也可以一路赏景。

亲子快乐小问号

1.音寨的名字是怎么来的？

2."金海雪山"中的"金海"指的是什么？

3."金海雪山"中的"雪山"又是什么？

漫步榕江， 走进梦里时光

给孩子的话

　　我们常说"独木不成林"，但有一种树，恰恰是独木也成林，那就是榕树。它的树冠之大，让人看起来就像是一座小型的森林。在贵州，就有一个以榕树出名、以榕树命名的县城——榕江。走进榕江，仿佛走进了美妙梦境。

摆贝百鸟衣，"穿在身上的史诗"

大手牵小手，逍遥风情游

摆贝，位于贵州省榕江县兴华乡，是一个青山环绕、古树苍翠的苗族山寨。全寨共有372户，近2 000人。摆贝人最有特色的就是服装——俗称百鸟衣，它由羽毛裙和花衣两部分组成。由于其做工精细，风格奇特，色彩绚丽，被誉为"穿在身上的史诗"。

百鸟衣与苗族祖先的捕猎习俗有关，因为苗族前辈相信保留鸟毛可以吸引鸟的同类，捕获更多的鸟；同时也是一种炫耀捕猎本事的方式，所以当地人喜欢把鸟毛缝在妇女的服装上。如今，制作百鸟衣多半是为了装饰，并且一般采用鸡或者鹅的羽毛来代替鸟羽来装饰衣袖和裙摆。百鸟衣的制作过程十分复杂，完成一件成品约要一年的时间。因此只有在重大场合，才能一睹华丽的百鸟衣风采。

古瓢舞是一种带有祭祀娱乐性质的苗族舞蹈，因用古瓢琴伴奏而得名。古瓢琴是用椿树制成的，形状似水瓢，其弓丝和琴弦全是用棕丝做成，古色古香，被赞为"贵州最古老的小提琴"。

每当节庆之日，苗族同胞们便生起篝火，在篝火旁，人们以拉古瓢琴者为中心，女性围在内圈，男性围在外圈，一边放歌一边跳舞。舞步为一步一顿，两手插于腰内侧，随舞步上下摆动。

空申，"世界超短裙之乡"

"空申"在苗语里面解释为"欧溪"，意为清澈的小溪。榕江县的空申村也的确是个山清水秀的好地方，村寨依山而建，一条清澈见底的小溪从寨旁流过，吊脚木楼鳞次栉比，给人以世外桃源之感。这里有215户人家，因苗家妇女终年身穿16～17厘米长的超短裙劳作生活，且历史悠久，被誉为"世界超短裙之乡"。

空申妇女的服装很有特色，上身是带有黑色斜襟的湖蓝色短衫，下身则围着仅有16～17厘米长的黑色百褶裙，头上戴自制青云布做成的"人"字形尖角帽。据说以前未曾有布料，为了遮风挡雨，妇女们就用树皮折成尖尖帽戴在头上，用芭蕉叶围在身上。后来有了布料，人们还是沿袭传统，做成尖角帽和短裙。由于妇女们无论春夏秋冬都穿着短裙，这里的苗族也被叫做"短裙苗"。

这里的苗族也有情人节——茅人节，苗语称为"捞沙丽"。每年农历三月初三，寨子里成年男女皆可结伴上坡游玩、对歌、扎茅人。无论婚否，只要情投意合，两情相悦，便可另寻幽处约会。

给孩子讲美丽传说

相传，空申苗族古时有本寨男女不通婚的习俗，姑娘都要远嫁他乡，因此许多同寨的青梅竹马都要分开。远嫁的姑娘每逢三月要回娘家帮助春耕，她们便邀约寨里的未婚姑娘和小伙子到山上唱歌，向情人倾诉内心的思念，并劝告未嫁的姑娘不要远嫁。她们还用新的嫩绿枝叶和茅草扎成高低大小不等的"茅人"把，捆在杉树干上，然后插在最高的山顶上，来表达对家乡和情人的依恋。这就是"茅人节"的来历。

宰荡侗歌，"东方魔音"

大手牵小手，逍遥风情游

　　宰荡侗寨位于榕江县城东北的宰荡村，全村共265户。此地居民皆为侗族，属于榕江侗族6大支系之一。村寨内小溪潺潺，古枫挺立，一派朴素的田园风光。寨内的巷道皆用青石板拼嵌，能让人体会到一种古朴庄重的韵味。

　　来到宰荡侗寨，最不能错过的便是侗族大歌。这里被誉为"歌的海洋""东方魔音"，歌词主要以歌唱爱情、歌颂民族英雄为主，歌声时而低回婉转，时而气势磅礴。每到唱歌的时候，男女老少身着盛装，宛如出席一场盛大的交响乐演出。宰荡侗歌还曾远赴巴黎演出，轰动了世界乐坛。

　　每年农历正月初一到初七，这里还要举行隆重的"祭萨"仪式，其中"萨"指的是"祖母"。据说侗家的祖宗——杏妮，曾多次率领侗民抗击外敌，最后战死沙场。侗族人民为了缅怀她，每年都会设置"萨坛"，由寨里辈分最高的寨老向"祖母"献"祖母茶"，然后率领村民在鼓楼坪上载歌载舞，一起歌颂"祖母"。

车江三宝，榕树下的传说

　　三宝侗寨位于榕江县车江乡，分上、中、下宝寨，合称三宝侗寨。寨子绵延约15千米，里面有800余户村民。

　　三宝侗寨内最有名的当属那些古榕树群了。只见一棵棵榕树大多高约20米，径达3米，游人远远望去，就像是一把把巨伞，蔚为壮观。据说，这些榕树大多植于清代乾隆年间，距今已有300多年的历史。上千棵榕树之间根系相连，枝叶相接，如同绿色的天盖。这些造型奇特的榕树，都有各自的名字，如"古榕拥庙""生死恋""九龙入海""夫妻榕"等。

　　在古榕群间有一条古朴的街道，当地人叫花街。这条街不长，路面全部用鹅卵石铺成，中间还镶嵌了十二生肖的图案。路的尽头，有一座雕塑，由一男一女组成，男的叫珠郎，女的叫娘美，据说是一个中国式的"罗密欧与朱丽叶"的故事。

120

吃住行玩转大攻略

大嘴小嘴吃天下

● 榕江卷粉

卷粉是榕江传统的美食，制作时先将香菇末、猪肉末、干虾末、油花生等馅料一起弄碎，加调料炒熟。再将米粉卷摊开，切成巴掌大小的三角形，将馅料包在里面，蒸热即可食用。

● "好吃佬"推荐

当地农家菜

地址 榕江当地农家。

推荐菜品 清炒蕨菜、竹笋、折耳根、百合、桔梗、葛根、魔芋等。这些家常野菜还有清火润肺、降血压等保健功能。

住宿信息大集锦

庆丰旅社

地址 榕江县古州镇都柳江大桥头。

设施 环境优美，房间干净，24小时有热水，且服务员统一穿着侗族服装。

价格 50元/人。

交通资讯供给站

从早上6点到下午4点，都有凯里到榕江的班车，每40分钟一班。也可以坐从雷山到榕江的过路车，车很多，但路程较长、路况较差。

亲子快乐小问号

1."百鸟衣"是什么样子的？

2.你学会古瓢舞了吗？试一试！

3.你知道"世界超短裙之乡"指的是哪里？

4."茅人节"是什么时候？

☆ 非常亲子!
☆ 非常好玩!
☆ 非常文化!
☆ 非常痛快!

让您一生难忘的亲子文化之旅!

等大小假期来临，就带上孩子一起出游吧！

一起徜徉神奇的彩色沙林；走进梦幻一般的香格里拉；去九寨沟欣赏迷人的海子、彩林和雪峰等宛如仙境的风光；到峨眉山与灵猴共舞；在浩瀚无边的蜀南竹海里乘竹筏悠悠而行；去海南沙滩球场踢一场妙趣横生的足球，畅游神秘海底看五彩珊瑚；再走走台湾外婆家的澎湖湾，看海浪如何逐沙滩；当然要去动感十足的香港迪斯尼，与白雪公主对话，与维尼熊一起冒险……

责任编辑：徐浩瀚
　　　　　陈　军
　　　　　邵　梅

ISBN 978-7-5337-4562-2

9 787533 745622 >

定价：19.00 元

非常亲子！非常好玩！非常文化！非常痛快！

让您一生难忘的亲子文化之旅！

中国亲子旅游丛书 **No.1**

非常
2+1。

亲子游中国
GANGTAI WANWEI

胡芬 主编

港台
玩味

有位著名哲人说过：
世界是一本大书，那些从来没有旅行过的人，
仅仅读了这本书的一页。
人一辈子，总要有几次旅行，
而若能与孩子一起度过，
这旅行便有了更加幸福与深层次的意义。

中国**最好的详细指导家长**
如何带孩子旅游的
实用攻略宝典

* 动感迪斯尼，全世界孩子都梦想的游乐天堂
* 海洋魅力游，上山下海玩转海洋公园
* 香港文化游，全面见识这颗璀璨明珠
* 悦山乐水游，见识清新宜人热带风情
* 书香门第游，品意蕴深长的文化大餐

APCTIME
时代出版传媒股份有限公司
安徽科学技术出版社

本书封面人物服装由**卡拉贝贝**亲子服饰提供